SV

Eduardo Mendoza

Das Geheimnis der verhexten Krypta

Roman

Aus dem Spanischen von
Peter Schwaar

Suhrkamp

Die Originalausgabe
erschien 1979 unter dem Titel
El misterio de la cripta embrujada
bei Seix Barral, Barcelona.
© Eduardo Mendoza 1979

Erste Auflage 1990
© der deutschen Ausgabe
Suhrkamp Verlag Frankfurt am Main 1990
Alle Rechte vorbehalten
Satz: IBV Satz- und Datentechnik GmbH, Berlin
Druck: May + Co, Darmstadt
Printed in Germany

1. Kapitel

Ein unerwarteter Besuch

Wir waren ausgezogen, um zu gewinnen, und es war möglich zu gewinnen. Die – man sehe mir die Unbescheidenheit nach – von mir ausgedachte Taktik, das harte Training, dem ich die Jungs unterworfen hatte, und die ihnen unter Drohungen eingetrichterte Vorfreude sprachen ebenfalls zu unseren Gunsten. Alles lief gut; wir waren nahe daran, ein Tor zu schießen; der Gegner brach schon zusammen. Es war ein prächtiger Aprilmorgen, die Sonne schien, und ich bemerkte flüchtig, daß die das Spielfeld säumenden Maulbeerbäume in gelblichen, duftenden Flaum gehüllt waren – ein Anzeichen des Frühlings. Und dann begann alles schiefzulaufen. Am heiteren Himmel zogen Wolken auf, und Carrascosa, der aus Raum dreizehn, dem ich eine standhafte und schlagkräftig handelnde Verteidigung überantwortet hatte, warf sich auf den Boden und schrie los, er wolle seine Hände nicht mit Menschenblut besudelt sehen (was niemand von ihm verlangt hatte) und vom Himmel herab mache ihm seine Mutter Vorwürfe wegen seiner Aggressivität, mit der er um nichts weniger Schuld auf sich lade, nur weil sie eingebleut sei. Glücklicherweise konnte ich meine Aufgabe als Stürmer um die des Schiedsrichters verdoppeln und schaffte es, wenn auch unter Protest, das uns eben beigebrachte Tor für null und nichtig zu erklären. Aber ich wußte, wenn es

5

einmal begonnen hatte, bergab zu gehen, würde niemand mehr das Verderben aufhalten können und unser Sportsglück hinge sozusagen an einem Faden. Als ich sah, wie Toñito gegen den Querbalken des gegnerischen Tors zu köpfeln begann und sich einen Dreck um die langen und, wozu es leugnen, präzisen Pässe kümmerte, die ich ihm aus dem Mittelfeld zuspielte, wurde mir klar, daß nichts mehr zu machen war und wir auch dieses Jahr wieder nicht Meister würden. So war es mir egal, daß mir Doktor Chulferga, falls das sein Name war, denn ich hatte ihn nie geschrieben gesehen und höre etwas schwer, zuwinkte, ich solle vom Spielfeld und über die Demarkationslinie zu ihm kommen, um mir was weiß ich mitzuteilen. Doktor Chulferga war jung, kleingewachsen, vierschrötig und trug einen Bart so dick wie seine karamelfarbenen Brillengläser. Erst vor kurzem aus Südamerika gekommen, mochte ihn schon niemand mehr leiden. Ich begrüßte ihn ehrerbietig, um damit meine Beunruhigung zu verbergen.

»Doktor Sugrañes will dich sehen«, sagte er.

Und um ihm um den Bart zu gehen, antwortete ich: »Es wird mir ein Vergnügen sein«, fügte aber, da ihm diese Versicherung kein Lächeln entlockte, sogleich hinzu: »Auch wenn die Leibesübung unser durcheinandergeratenes System stählt.«

Der Doktor machte wortlos kehrt und marschierte mit großen Schritten los; ab und zu überzeugte er sich davon, daß ich ihm folgte. Seit der Geschichte mit dem Artikel war er mißtrauisch geworden. Die Geschichte war so gewesen, daß er ei-

nen Artikel mit dem Titel »Persönlichkeitsspal-
tung, Delirium der Lüsternheit und Harnverhal-
tung« verfaßt hatte, den *Fuerza Nueva*, die mangelnde Orientierung des Neulings mißbrauchend,
unter dem Titel »Entwurf der monarchistischen
Persönlichkeit« und mit des Doktors Unterschrift
veröffentlicht hatte, was diesem hart zusetzte. Mitten in der Therapie rief er bitter aus:
»In diesem Scheibenkleisterland sind selbst die
Verrückten Faschiten.«
Er sagte es so und nicht wie wir, die wir die Buch-
staben so aussprechen, wie sie wirklich daherkom-
men. Aus all den geschilderten Gründen kam ich
seinen Befehlen widerspruchslos nach, obwohl ich
sehr gern um die Erlaubnis gebeten hätte, zu duschen und mich umzuziehen, denn ich hatte gehörig
geschwitzt und neige dazu, übel zu riechen, vor allem wenn ich mich in geschlossenen Räumen befinde. Doch ich sagte nichts.
Wir gingen über den von Linden flankierten
Kiesweg, stiegen die Marmorstufen hoch und traten in die Vorhalle des Sanatoriumsgebäudes bezie-
hungsweise des eigentlichen Sanatoriums, dessen
verbleite Glaskuppel ein Bernsteinlicht verbreitete,
welches die klare Frische der letzten Wintertage zu
konservieren schien. Hinten in der Halle, rechts
neben der Statue des heiligen Vinzenz von Paul,
zwischen ihrem Sockel und der teppichbelegten
Treppe, derjenigen für die Besucher, befand sich,
Doktor Sugrañes' Büro vorgelagert, das Wartezim-
mer, in dem wie üblich nur ein paar staubbedeckte,
verjährte Zeitschriften des Automobilclubs lagen;

an der Hinterseite des Wartezimmers schließlich befand sich die Tür zu Doktor Sugrañes' Büro, eine schwere Mahagonitür, an die mein Begleiter nun mit den Fingerknöcheln klopfte. An einer winzigen in den Türpfosten eingelassenen Ampel leuchtete ein grünes Lämpchen auf. Doktor Chulferga öffnete ein wenig die Tür, steckte den Kopf durch den Spalt und murmelte einige Worte. Sogleich zog er den Kopf wieder aus der Tür, um ihn auf seinen Schultern zurechtzurücken, öffnete weit den Türflügel und bedeutete mir, ins Büro zu treten, was ich mit einiger Besorgnis tat, denn es kam nicht häufig vor (und wenn, verkündete es Unheil), daß mich Doktor Sugrañes zu sich bestellte, außer für das Quartalsgespräch, und bis dahin fehlten noch fünf Wochen. Und vielleicht war es meine Verwirrung, die mich, obwohl ich ein guter Beobachter bin, nicht bemerken ließ, daß außer Doktor Sugrañes noch zwei weitere Personen im Büro saßen.

»Erlauben Sie, Herr Direktor?« fragte ich mit einer Stimme, die ich als zittrig, etwas schrill und schlecht artikuliert empfand.

»Nur herein, du brauchst keine Angst zu haben«, sagte Doktor Sugrañes, den Tonfall meiner Worte mit seiner üblichen Treffsicherheit interpretierend. »Wie du siehst, hast du Besuch.«

Ich mußte meinen Blick auf ein an der Wand hängendes Diplom heften, um mir mein Zähneklappern nicht anmerken zu lassen.

»Willst du diese liebenswürdigen Personen nicht begrüßen?« sagte Doktor Sugrañes im Sinn eines freundlichen Ultimatums.

Mit äußerster Anstrengung versuchte ich Ordnung in meine Gedanken zu bringen. Das erste, was ich herauskriegen mußte, war die Identität der Besucher – nur so würde es mir möglich sein, die Gründe für ihr Erscheinen zu erhellen und also meine Vorkehrungen zu treffen, wozu ich den Leuten aber ins Gesicht schauen mußte, denn rein deduktiv wäre es mir niemals gelungen, zu erfahren, um wen es sich handelte, besaß ich doch weder Freunde, noch hatte ich während der fünf Jahre meines Zwangsaufenthalts im Sanatorium je Besuch bekommen, da sich meine nächsten Familienangehörigen nicht mehr um mich kümmerten, und dies mit gutem Grund. Also wandte ich mich ganz langsam um und versuchte mich so zu bewegen, daß man es nicht bemerkte, was mir freilich nicht gelang, da sowohl Doktor Sugrañes wie die beiden andern Personen ihre sechs Augen auf mich geheftet hatten. Und ich sah folgendes: Vor Doktor Sugrañes' Tisch, in den beiden Ledersesseln, das heißt, in den beiden Sesseln, die aus Leder gewesen waren, bis Jaimito Bullón in einen von ihnen ein Häufchen gemacht hatte und man aus Symmetriegründen beide mit einem waschmaschinenfesten Malvenskai neu beziehen mußte, saß je eine Person. Ich beschreibe die eine von ihnen: Im Sessel nahe beim Fenster, nahe natürlich in bezug auf den andern Sessel, denn zwischen dem ersten Sessel, dem nahe beim Fenster, und jenem blieb bequem Raum, um einen Stehaschenbecher hinzustellen, einen schönen Glasaschenbecher, der eine etwa meterhohe Bronzesäule gekrönt hatte, und ich sage gekrönt hatte, denn nachdem Rebolledo versucht hatte, die kleine Säule auf Doktor Sugrañes' Kopf zu zerschmettern, waren beide, die kleine Säule und der Aschenbecher, entfernt und durch nichts mehr ersetzt worden, dort also saß eine Frau unbestimmten Alters, obwohl ich ihr etwa fünfzig schwer getragene Jahre gab, distinguiert in Haltung und Gesichtszügen, wenngleich sie in Ramsch gekleidet war, die auf ihren von einem Tergal-Plisseerock bedeckten Knien nach Handtaschenmanier ein längliches abgewetztes Ärzteköfferchen mit einer Schnur statt einem Griff hielt. Besagte Dame lächelte mit geschlossenen Lippen, aber ihr Blick war forschend und ihre buschigen Augenbrauen gerunzelt, was bewirkte, daß sich eine vollkommen waagerechte Furche über ihre Stirn zog, die im übrigen so glatt war wie der Rest ihrer Gesichtshaut, auf der keine Spur von Schminke, jedoch der schwache Schatten eines Schnurrbarts zu sehen war. Aus all dem Erwähnten folgerte ich, daß ich mich in Gegenwart einer Nonne befand, eine Folgerung, die, als von mir stammend, nicht ohne Meriten war, denn als man mich einsperrte, war es noch nicht üblich (wie anscheinend später), daß die Nonnen auf ihren Ornat verzichteten, jedenfalls nicht außerhalb der Klostermauern, aber wie es nun einmal so ist, verhalf mir zu diesem Schluß der Umstand, daß sie ein kleines Kruzifix auf der Brust trug, ein Skapulier am Hals hängen und einen Rosenkranz in den Gürtel geschlungen hatte. Und nun beschreibe ich die andere Person oder, wenn man man so will, die Person, die auf dem andern Sessel saß, dem nahe der

Tür, sowie man durch diese hereinkommt, diese Person also war ein Mann in mittleren Jahren, etwa so alt wie die Nonne und sogar, dachte ich bei mir, wie Doktor Sugrañes, obwohl ich den Verdacht verwarf, darin könnte etwas Vorsätzliches zu sehen sein, und seine recht groben Gesichtszüge wiesen weiter kein erwähnenswertes Merkmal auf, außer daß sie mir sehr bekannt waren, denn sie entsprachen oder, begrifflich schärfer ausgedrückt, gehörten Kommissar Flores — man könnte sogar sagen, sie *waren* Kommissar Flores, da man sich ja keinen Kommissar oder, *mutatis mutandis*, überhaupt kein Menschenwesen ohne seine Züge vorstellen kann — von der Kriminalpolizei, zu welchem ich sagte, als ich bemerkte, daß er trotz der Wässerchen und schleimigen Lösungen, die er sich vor Jahren eingerieben hatte, vollkommen kahl geworden war:

»Kommissar Flores, an Ihnen gehen die Jahre spurlos vorüber.«

Worauf der Kommissar wortlos die Hand vor seinen Gesichtszügen, auf die ich schon angespielt habe, hin und her bewegte, so, als wollte er antworten:

»Und du, wie geht's?«

Und zu alledem drückte Doktor Sugrañes auf einen Knopf seiner Gegensprechanlage auf dem Tisch und sagte zu der Stimme, die heraustönte:

»Bringen Sie eine Pepsi-Cola, Pepita.«

Zweifellos für mich, so daß ich ein befriedigtes, durch meine Zurückhaltung wohl zwanghaft verzerrtes Lächeln nicht unterdrücken konnte. Und ohne weitere Umschweife beschreibe ich nun die Unterredung, die da in diesem Büro stattfand.

»Ich nehme an«, sagte Doktor Sugrañes zu mir gewandt, »du erinnerst dich an Kommissar Flores, der dich verhaftet, verhört und manchmal auch übers Knie gelegt hat, immer wenn dich deine, hem, hem, psychische Störung dazu verleitete, asoziale Taten zu begehen« – ich nickte –, »all das natürlich, ohne daß die geringste Feindschaft mit im Spiel gewesen wäre, wie du genau weißt. Und nicht nur das, sondern ihr habt mich auch, er und du selbst, davon unterrichtet, daß ihr gelegentlich zusammengearbeitet habt, das heißt, daß du ihm ganz uneigennützig irgendeinen Dienst erwiesen hast, nach meinem Dafürhalten ein Beweis für die Ambivalenz deines einstigen Verhaltens.« Wieder stimmte ich zu, denn tatsächlich war ich in meinen schlechten Zeiten nicht vor der Niederträchtigkeit zurückgeschreckt, gegen eine befristete Toleranz den Polizeispitzel zu spielen, hatte mir dafür allerdings das Übelwollen meiner Kumpane von jenseits der Grenze gültiger Gesetzbarkeit zugezogen, was mir langfristig mehr Unannehmlichkeiten als Vorteile eingebracht hatte.

Gewunden und sibyllinisch, wie es jemandem entspricht, der auf der hierarchischen Stufenleiter emporgeklettert ist, bis er in seinem Wirkungskreis eine herausragende Position erreicht hat, ließ Doktor Sugrañes an diesem Punkt das Thema fallen und wandte sich, mündlich, meine ich, an Kommissar Flores, der mit einer erloschenen Havanna zwischen den Lippen und halbgeschlossenen Lidern dem Arzt zuhörte, als meditierte er über dessen Vorzüge, die seines Glimmstengels.

»Kommissar«, sagte er, auf mich deutend, aber an den Kommissar gewandt, »Sie befinden sich in Gegenwart eines neuen Menschen, dem wir jede Spur von Wahnsinn ausgetrieben haben, ein Erfolg, mit dem nicht wir Ärzte uns zu brüsten haben, denn wie Sie genau wissen, hängt in unserer Branche die Heilung zu einem hohen Prozentsatz vom guten Willen des Patienten ab, und in dem uns beschäftigenden Fall kann ich mit Genugtuung bezeugen, daß der Patient« – wieder deutete er auf mich, als wäre mehr als ein Patient im Büro – »von sich aus eine so beträchtliche Anstrengung unternommen hat, daß ich sein Verhalten, ganz im Gegensatz zu kriminell, als mustergültig bezeichnen darf.«

Die Nonne öffnete den Mund, um zu sagen:

»Weshalb, Doktor, ist dann, wenn Sie mir die Frage gestatten, die Ihnen, der Sie in der Materie bewandert sind, belanglos erscheinen mag, dieses, hem, hem, Subjekt noch immer eingesperrt?«

Sie hatte eine metallische, etwas rauhe Stimme. Ich sah, daß ihr die Sätze wie Blasen aus dem Mund kamen, für die die Worte nur die äußere Hülle waren und die, sowie sie zu Klang zerplatzten, einen ätherischen Inhalt bloßlegten: die Bedeutung. Darauf antwortete Doktor Sugrañes in allgemeinverständlichem Ton:

»Sehen Sie, der uns beschäftigende Fall weist eine gewisse Komplexität auf, indem er, wenn ich so sagen darf, gleichsam rittlings auf zwei verschiedenen Beurteilungen sitzt. Dieses, hem, hem, Individuum wurde mir von der richterlichen Gewalt zugewiesen, die das verständnisvolle Gutachten abgab, es lasse sich besser in den Wänden einer Irrenheil- als in denen einer Strafanstalt behandeln. Aus diesem Grund ist seine Freiheit nicht ausschließlich mein, sondern sozusagen ein gemeinsamer Beschluß. Nun ist es ja ein offenes Geheimnis, daß zwischen der Gerichtsbarkeit und dem Ärztekollegium, sei es aus weltanschaulichen Gründen, sei es wegen dieser Geschichte mit der Genossenschaft, keine übereinstimmende Meinung herrscht – daß mir diese Bemerkung nicht nach draußen gelangt«, lächelte er, ganz ein Mann, der von vielen derartigen Dingen Kenntnis hat. »Würde es von mir abhängen, so hätte ich den Entlassungsschein schon längst unterschrieben. Ebenso würde das Subjekt, wäre es nicht in ein Sanatorium gesperrt worden, schon seit Jahren die Wohltat der vorläufigen Haftentlassung genießen. So, wie die Dinge aber liegen, brauche ich bloß eine Maßnahme zu verfechten, damit das zuständige Gericht die gegenteilige ergreift. Und umgekehrt natürlich. Was können wir dagegen tun?«

Was Doktor Sugrañes sagte, stimmte: Schon mehrfach hatte ich selbst die Freiheit beantragt und war dabei immer auf unlösbare Rechtsprobleme gestoßen. Seit nunmehr anderthalb Jahren führte ich einen unnützen Papierkrieg und stahl im Tabakladen des Dorfes Stempelmarken, um Gesuche zu legitimieren, die mir mit einem roten Stempel versehen zurückgeschickt wurden, der besagte: »Nicht stattgegeben«, ohne weitere Begründung.

»Nun denn«, sprach der Doktor nach einer Pause weiter, »der zufällige Umstand, der Sie in mein Büro geführt hat, geschätzter Kommissar, ehrwürdige Mutter, könnte vielleicht den Teufelskreis durchbrechen, in dem wir anscheinend gefangen sind, meinen Sie nicht auch?«

In ihren jeweiligen Sesseln stimmten die Besucher zu.

»Das heißt«, präzisierte der Doktor, »wenn ich bescheinigte, daß vom medizinischen Gesichtspunkt aus die Verfassung des, hem, hem, Opfers günstig ist, und Sie Ihrerseits, Kommissar, mit Ihrer, sagen wir, Verwaltungsmeinung mein Urteil unterstützten und Sie wiederum, Mutter, mit Takt im erzbischöflichen Palast ein paar ehrerbietige Worte fallen ließen – was, frage ich, könnte die Gerichtsbehörden dann daran hindern...«

Gut.

Ich glaube, der Moment ist gekommen, allfällige Zweifel zu zerstreuen, die der eine oder andere geneigte Leser vielleicht bis dahin bezüglich meiner Person gehegt hat: Tatsächlich bin – oder vielmehr war – ich, und zwar nicht alternativ, sondern kumulativ, ein Irrer, ein Bösewicht, ein Delinquent und eine Person von unzulänglicher Bildung und Kultur, denn ich hatte keine andere Schule als die Straße und keinen andern Lehrer als die schlechte Gesellschaft, mit der ich mich zu umgeben wußte, aber nie war ich auf den Kopf gefallen und bin es auch jetzt nicht. Die schönen Worte, ins Geschmeide einer korrekten Syntax gefaßt, vermögen mich zwar für Augenblicke zu berücken, können meine Perspektive verschwimmen lassen, meine Sicht der Wirklichkeit trüben. Doch diese Effekte sind von kurzer Dauer — zu ausgeprägt ist mein Selbsterhaltungstrieb, zu stark meine Liebe zum Leben, zu bitter meine Erfahrung in diesen Kämpfen. Früher oder später wird Licht in meinem Hirn und ich verstehe — so, wie ich auch jetzt verstand, daß das Gespräch, dem ich beiwohnte, zum voraus inszeniert und einstudiert worden war, mit dem einzigen Zweck, mir eine Idee einzuimpfen. Doch was für eine? Etwa daß ich bis ans Ende meiner Tage im Sanatorium bleiben müsse?

»…beweisen, daß, mit einem Wort, das, hem, hem, Exemplar, das wir da vor uns haben, nein, nicht in sich gegangen oder rehabilitiert ist, Wörter, die eine Schuld voraussetzen« — wieder wandte sich Doktor Sugrañes an mich, und ich bedauerte, daß meine Grübeleien es mir verwehrt hatten, den ersten beiden Zeilen seiner Litanei zu lauschen — »und die ich aus diesem Grund verabscheue« — nun sprach der Psychiater aus seinem Mund —, »sondern, verstehen Sie mich richtig, mit sich selbst und der Gesellschaft ausgesöhnt ist, beide wie ein reziprokes Ganzes miteinander im Einklang stehend. Haben Sie mir folgen können? Ei, schau! Da ist ja auch schon die Pepsi-Cola.«

Unter normalen Umständen hätte ich mich auf die Krankenschwester gestürzt und versucht, mit der einen Hand die prallen Saftbirnen zu begrapschen, die sich gegen ihre schneeweiß gestärkte Uniform sträubten, und mit der andern die Pepsi-Cola an mich zu reißen, die Flasche anzusetzen und dann wahrscheinlich einen gesättigten Rülpser auszustoßen. Aber in diesem Moment tat ich nichts dergleichen.

Ich tat nichts dergleichen, weil ich mir darüber klar wurde, daß in diesen vier Wänden, die Doktor Sugrañes' Büro bildeten, etwas ausgeheckt wurde, was mich betraf, und daß es für den guten Ausgang der Unternehmung wesentlich war, eine Probe meiner Zurückhaltung zu geben, weshalb ich wartete, bis die Krankenschwester, von der ich das Bild abzuwenden versuchte, das ich anläßlich einer Entleerung von ihr, die ich bespitzeln durfte, undeutlich durch das Abortschlüsselloch gesehen hatte, den Pappbecher mit dem braunen Sprudel füllte und ihn mir entgegenstreckte, als wollte sie sagen: Trink mich; und ich war vorsichtig genug, die Lippen innen und außen am Becherrand anzusetzen und nicht beide im Trinkgefäß drin, wie ich es sonst in solchen Fällen mache, und schluckweise zu trinken, statt hinunterzugießen, geräuschlos, ohne zu zittern und die Arme nicht zu weit vom Körper nehmend, um eine Ausbreitung meines säuerlichen Achselgestanks im Raum zu verhindern. So schlürfte ich längere Zeit und hielt meine Bewegungen vollkommen unter Kontrolle, wodurch mir allerdings entging, was da gesprochen wurde, doch dann hörte ich wieder zu, trotz der köstlichen Übelkeit, die mir das schmackhafte Gesöff bereitete, und ich hörte folgendes:

»Also sind wir uns alle einig?«

»Was mich betrifft«, sagte Kommissar Flores, »so habe ich nicht viel dagegen einzuwenden, sofern und sobald dieses, hem, hem, Prachtstück seine Zustimmung zu dem Vorschlag gibt.«

Was ich bedingungslos tat (obwohl ich nicht wußte, wozu ich meine Einwilligung gab), in der Überzeugung, eine von den Repräsentanten der größten Mächte auf Erden, nämlich der Justiz, der Wissenschaft und der Göttlichkeit, beschlossene Sache sei, wenn mir auch nicht notwendigerweise zum Vorteil gereichend, so doch ebensowenig einspruchsfähig.

»Nun denn, in Anbetracht dessen, daß diese, hem, hem, Person mit dem, was wir verhandelt haben, völlig einverstanden ist«, sagte Doktor Sugrañes, »werde ich Sie allein lassen, damit Sie sie ins Bild setzen können. Und da ich annehme, daß Sie nicht gestört werden wollen, werde ich Ihnen das Funktionieren der sinnreichen Ampel erklären, die ich mir an der Tür habe installieren lassen, wie Sie sicherlich bemerkt haben. Nun, wenn man auf diesen roten Knopf drückt, wird das draußen blinkende Lichtchen gleicher Farbe eingeschaltet und zeigt damit an, daß der Insasse dieses Raums unter keinen Umständen gestört werden darf. Das grüne Licht zeigt genau das Gegenteil an, und das gelbe, um einen dem Straßenverkehrsgesetz eigenen Begriff zu gebrauchen, obwohl das für mich orange ist und heißt, bedeutet, daß der Insasse, auch wenn er eine diskrete Zurückgezogenheit vorzieht, sich nicht dagegen widersetzt, in Fällen äußerster Wichtigkeit avisiert zu werden, eine Entscheidung, die dem Ermessen des Benutzers überlassen bleibt. Da Sie den Mechanismus zum erstenmal bedienen, empfehle ich Ihnen, sich auf Rot und Grün zu beschränken, die am einfachsten zu handhaben sind. Sollten Sie irgendeine Erläuterung benötigen, können Sie sie von mir verlangen oder von der Krankenschwester, die noch immer hier steht und müßig ein leeres von diesen Einwegfläschchen in der Hand hält.«

Und mit diesen Worten, nicht ohne vorher aufzustehen und die zwischen seinem Sessel und der Tür, die er öffnete, liegende Distanz zurückzulegen, entfernte er sich in Begleitung Pepitas, der Krankenschwester, mit der er, wie ich argwöhne, bis über beide Ohren in einem Verhältnis steckte, obwohl ich die beiden, um der Wahrheit die Ehre zu geben, nie in flagranti ertappt hatte, sosehr ich auch während Stunden ihr Hin und Her überwacht und der Frau des Doktors mehrere anonyme Briefe geschickt hatte, in der alleinigen Absicht, die Schuldigen nervös zu machen und in die Irre zu führen.

In der Verfassung, in der ich mich befand, und anstatt zu tun, was jede normale Person in dieser Verfassung getan hätte, nämlich alles dafür zu geben, mit der Ampel spielen zu dürfen, verzichtete ich darauf, eine solche Transaktion vorzuschlagen, und ließ als Beweis meines Scharfsinns Kommissar Flores das Ding nach Lust und Laune betätigen, worauf er wieder zu seinem Sessel zurückging und sich an mich wandte:

»Ich weiß nicht, ob du dich an den seltsamen Fall erinnerst, der sich vor nun sechs Jahren in der Schule der Lazaristenschwestern von San Gervasio ereignet hat. Unternimm eine geistige Anstrengung.«

Ich mußte keine unternehmen, denn ich behielt zur Erinnerung an den Fall ein Loch im Mund, das der Eckzahn hinterlassen hatte, welchen mir ebendieser Kommissar Flores ausgeschlagen hatte, in der Überzeugung, mit einem Eckzahn weniger würde ich ihm eine Information verschaffen, die ich zu meinem Pech aber gar nicht besaß, denn hätte ich sie besessen, besäße ich jetzt überdies einen Eckzahn mehr, auf den zu verzichten ich mich seit damals gezwungen sehe, da die Kieferorthopädie nicht im Bereich meiner Möglichkeiten liegt, aber trotzdem — und weil meine Kenntnisse damals tatsächlich nur mager gewesen waren — bat ich ihn, mich gütigst über die Einzelheiten des Falls aufzuklären, wofür ich im Gegenzug meine größtmögliche Mitarbeit zusicherte. Und all das sagte ich mit fest zusammengepreßten Lippen, um zu verhindern, daß ihn der Anblick des durch den fehlenden Zahn zurückgebliebenen Lochs dazu trieb, wieder auf dieselbe Art vorzugehen, worauf der Kommissar die Nonne, die trotz ihres Schweigens weiterhin anwesend war, um die Erlaubnis bat, die Havanna anzuzünden, in der Absicht, sie zu rauchen, was er, nachdem er sie erhalten hatte, auch tat, während er sich in seinen Sessel lümmelte, durch Mund und Nase Rauchspiralen ausstieß und erzählte, was im wesentlichen das zweite Kapitel bildet.

2. Kapitel

Was der Kommissar erzählte

»Die Schule der Lazaristenschwestern«, begann der
Kommissar, während er zuschaute, wie sich der
Preis der Havanna in Rauch auflöste, »liegt, wie dir
zweifellos nicht bekannt ist, in einem dieser einsa-
men, steilen Gäßchen, wie sie sich durch das ari-
stokratische, heute etwas aus der Mode geratene
Viertel San Gervasio winden, und rühmt sich, ihre
Zöglinge bei den besten Familien Barcelonas zu
rekrutieren, natürlich um Gewinn zu erwirtschaf-
ten. Korrigieren Sie mich, Mutter, wenn ich mich
irre. Selbstverständlich ist es eine reine Mädchen-
schule, die nach dem Internatssystem betrieben
wird. Um die Betrachtung des Bildes zu vervollständigen, füge ich hinzu, daß alle Schülerinnen eine
graue Uniform tragen, eigens dazu entworfen, ihre
beginnenden Rundungen zu verhüllen. Ein Nimbus
von undurchdringlicher Ehrenhaftigkeit umgibt die
Institution. Kannst du mir folgen?«

Ich bejahte, obwohl ich so meine Zweifel hatte,
denn ich wartete begierig auf den anstößigen Teil
der Geschichte, von dem ich annahm, er müsse jeden Moment kommen, der aber – besser, ich sag'
es ehrlich – nicht kam.

»Jedenfalls«, fuhr Kommissar Flores fort,
»stellte die Person, deren Aufgabe es war, zu kontrollieren, ob alle Schülerinnen aufgestanden waren
und sich gewaschen, gekämmt, angezogen und für

die heilige Messe bereitgemacht hatten, am Morgen des 7. April vor sechs Jahren, also 1971, fest, daß in ihren Reihen eine fehlte. Sie fragte die Kolleginnen der Verschollenen, aber diese konnten ihr keine Auskunft geben. Hierauf eilte sie in den Schlafsaal und fand das Bett leer. Sie schaute im Waschraum und an anderen Orten nach und dehnte ihre Suche auf die verborgensten Winkel des Internats aus. Umsonst. Eine der Schülerinnen war spurlos verschwunden. Von ihren persönlichen Sachen fehlte nur die Wäsche, die sie auf dem Leib trug, nämlich das Nachthemd. Auf dem Nachttisch fanden sich die Armbanduhr der Verschwundenen, ein Paar Ohrringe aus Zuchtperlen und das Taschengeld, das ihr zur Verfügung stand, um sich im kleinen, von den Nonnen selbstverwalteten Laden im Haus Näschereien zu erstehen. Voller Angst setzte die fragliche Person die Superiorin über den Vorfall in Kenntnis, die die Meldung wiederum der Ordensgemeinschaft weitergab. Man unternahm eine neue Durchsuchung, ebenfalls ergebnislos. Etwa um zehn Uhr vormittags wurden die Eltern der Verschwundenen benachrichtigt, und nach kurzer Beratschlagung legte man die Angelegenheit in die Hände der Polizei, personifiziert in denen, die du hier siehst und mit denen ich dir den Zahn ausgeschlagen habe.

Mit der für die präpostfranquistische Ära charakteristischen Schnelligkeit der Ordnungskräfte sprach ich in der Schule vor, vernahm so viele Leute, wie mir angezeigt schien, fuhr aufs Polizeipräsidium zurück, ließ mir einige Konfidenten schicken, unter denen sich zu befinden auch du das Glück hattest, armseliger Verräter, und holte geschickt so viele Angaben aus ihnen heraus, wie sie mir machen konnten. Zur Abendstunde war ich indessen zum Schluß gekommen, daß sich für die Geschichte keine mögliche Erklärung fand. Wie hatte ein Mädchen mitten in der Nacht aufstehen und das Schloß der Schlafsaaltür aufbrechen können, ohne auch nur eine einzige ihrer Mitschülerinnen aufzuwecken? Wie war es ihr gelungen, durch die geschlossenen Türen zu kommen, die den Schlafsaal vom Garten trennen und von denen es immerhin, wenn meine Berechnungen zutreffen, vier oder fünf gibt, je nachdem, ob man im ersten Stock durch die Aborte geht oder nicht? Wie hatte sie im Dunkeln quer durch den Garten gehen können, ohne auf dem Boden Spuren zu hinterlassen, die Blumen zu knicken oder, noch merkwürdiger, ihre Gegenwart den beiden Hirtenhunden zu verraten, die die Nonnen allabendlich nach den letzten Gebeten losketten? Wie hatte sie das vier Meter hohe, in zugespitzte Stacheln auslaufende Gittertor überwinden können oder die gleich hohen, scherbengespickten Mauern, auf denen sich dichter Stacheldraht windet?«

»Wie?« fragte ich, von Neugier angestachelt.

»Ein Mysterium«, antwortete der Kommissar und schüttelte die Zigarrenasche auf den Teppich, da ja, wie ich zuvor sagte, der Aschenbecher samt Bronzeständer schon vor langem aus dem Büro entfernt worden war und Doktor Sugrañes nicht rauchte. »Aber die Geschichte ist damit noch nicht zu Ende, sonst würde ich nicht eine so lange Präambel machen.

Meine Recherchen hatten eben erst begonnen und schienen bereits in die Irre zu führen, als mich die Superiorin anrief, übrigens nicht die, die du hier siehst« – er wies mit dem Daumen auf die Nonne, die noch immer kein Wort sagte –, »sondern eine andere, ältere und, bei allem Respekt, etwas einfältige, die mich bat, noch einmal in die Schule zu kommen, denn sie müsse dringend mit mir sprechen. Ich glaube, ich habe noch nicht gesagt, daß das am Morgen nach dem Tag geschah, an dem das Mädchen verschwand – alles klar? Gut. Wie gesagt, ich sprang in den Streifenwagen und schaffte, mit laufender Sirene und durchs Fenster drohend die Faust schüttelnd, die Strecke zwischen der Vía Layetana und San Gervasio in weniger als einer halben Stunde – nicht schlecht, denn die Diagonal war verstopft.

Im Büro der Superiorin sah ich mich einem Paar gegenüber, Mann und Frau von liebenswürdigem und nach Geld aussehendem Benehmen, die sich auf mein Ersuchen als Vater und Mutter der Verschwundenen identifizierten und mir dann kraft der Befugnis, die ihnen ihr Elternrang verlieh, sogleich befahlen, mich ab sofort nicht mehr um den Fall zu kümmern, ein Befehl, den die Superiorin in energischsten Worten bekräftigte, obwohl niemand sie um ihre Meinung gebeten hatte. Ich wagte die Hypothese, die Entführer des Mädchens hätten den Eltern mit weiß Gott was für Einschüchterungen ein solches Verhalten nahegelegt, und drängte sie, im Bewußtsein, daß eine solche Haltung in jeder Hinsicht unratsam ist, eine andere einzunehmen. ›Kümmern Sie sich um Ihre Dinge‹, drohte mir der Vater des Mädchens so großkotzig, daß ich annehmen mußte, er sei entfernt mit Seiner Exzellenz verwandt, ›um die meinen werde ich mich schon selbst kümmern.‹ — ›Mit einer solchen Einstellung‹, entgegnete ich standhaft, während ich gegen die Tür zurückwich, ›werden Sie die Kleine nie wiederbekommen.‹ — ›Die Kleine‹, beendete der Vater die Auseinandersetzung, ›habe ich bereits wiederbekommen. Sie können zu Ihren Totoscheinen zurückkehren.‹ Und das tat ich.«

»Darf ich Sie etwas fragen, Herr Kommissar?« fragte ich.

»Kommt drauf an.« Er verzog das Gesicht.

»Wie alt war die wiederholt erwähnte Kleine im Augenblick ihres Verschwindens?«

Kommissar Flores schaute die Nonne an, die die Brauen in die Höhe zog. Der Kommissar räusperte sich und sagte dann:

»Vierzehn Jahre.«

»Danke, Herr Kommissar. Fahren Sie bitte fort.«

»Um der Klarheit der Darlegung willen ist es mir lieber«, sagte der Kommissar, »die ehrwürdige Mutter hier ergreift das Wort.«

Was diese so rasch tat, daß ich dachte, sie habe sich schon eine ganze Weile fast verzehrt danach, zu Wort zu kommen.

»Nach meinen Informationen — denn ich habe keine direkte Kenntnis von den in Rede stehenden Geschehnissen, da ich, als diese sich ereigneten, in der Provinz Albacete ein Erholungsheim für zu alte oder zu junge Nonnen leitete – ging die Entscheidung, die Untersuchung schon zu Beginn zu beschneiden, ja einen vorzeitigen Abbruch vorzunehmen, möchte ich beinahe sagen, hätte dieser Begriff nicht so viele polemische Konnotationen, von den Eltern der Verschwundenen aus und stieß im Prinzip bei der damaligen Superiorin auf Widerspruch, einer Frau von bedeutendem Talent und Charakter, nebenbei gesagt, der nicht nur das Schicksal des Mädchens Sorgen bereitete, sondern, eng damit zusammenhängend, auch der gute Ruf der Schule. Aber ihr Protest war angesichts der Entschlossenheit der Eltern umsonst, die zu ihren Gunsten die elterliche Gewalt und die Unterstützungsbeiträge ins Feld führten, welche sie der Schule anläßlich der Armenweihnacht, der Altkleiderwochen und des Gründertages, der übrigens nächste Woche stattfindet, jedes Jahr zukommen ließen.

Die Superiorin verschloß ihre Besorgnis also im Herzen, tat notgedrungen, was man von ihr verlangte, und ermahnte die Schwestern und die anderen Mädchen, über das Geschehene absolutes Stillschweigen zu bewahren.«

»Verzeihen Sie meine Einmischung, ehrwürdige Mutter«, sagte ich, »aber es gibt da einen Punkt, über den ich mir Klarheit verschaffen möchte: War das Mädchen tatsächlich wiederaufgetaucht oder nicht?«

Die Nonne wollte schon antworten, als ihr einige Glockenschläge die Stunde in Erinnerung riefen.

»Zwölf Uhr«, sagte sie. »Macht es Ihnen etwas

aus, wenn ich für ein paar Augenblicke in mich gehe, um das Angelus zu beten?«

Wir sagten, das sei doch selbstverständlich.

»Seien Sie so gut und löschen Sie Ihre Zigarre«, sagte die Nonne zum Kommissar.

Sie beugte den Oberkörper vornüber, murmelte zwei, drei Gebete und sagte dann:

»Sie können die Zigarre wieder anzünden. – Was hatten Sie gefragt?«

»Ob das Mädchen wiederaufgetaucht sei.«

»Ah ja. Inner Tat, so isses«, sagte die Nonne, deren Redeweise manchmal ihre bescheidene Herkunft verriet, »denn am Morgen des zweiten Tages – und nicht ohne daß die Gemeinschaft am Vorabend die heilige Jungfrau von Karmel, deren gebenedeite Skapularien ich übrigens hier in der Tasche habe, falls Sie welche kaufen möchten, um ein Wunder angefleht hatte – bemerkten die Schülerinnen zu ihrer größten Überraschung, daß ihre verschwundene Kameradin wieder in dem ihr zustehenden Bett lag, gemeinsam mit den andern aufstand, die tägliche Toilette vornahm und sich, sowie sie angezogen war, im Kapellenvorraum zu ihnen in Reih und Glied stellte, als wäre nichts Außergewöhnliches geschehen. Eingedenk der erteilten Anweisungen bewahrten ihre Kameradinnen absolutes Stillschweigen, nicht aber die Person, deren Aufgabe es war, zu kontrollieren, ob alle Schülerinnen aufgestanden waren und sich gewaschen, gekämmt, angezogen und für die heilige Messe bereitgemacht hatten, oder, wenn es Ihnen lieber ist, die Aufseherin (denn so nennt sich die Person, der

die genannten Dinge obliegen), welche die Wieder-
aufgetauchte an der Hand oder vielleicht auch am
Ohr nahm und mit ihr ins Büro der Superiorin eilte,
einer bedeutenden Frau, die ebenfalls ihren Augen
und Ohren nicht traute. Natürlich wollte die Superiorin aus dem Munde der Betroffenen erfahren,
was vorgefallen war, aber diese hatte keine Antwort auf ihre Fragen. Sie wußte gar nicht, wovon
die Rede war. Die Erfahrung im Umgang mit den
Schülerinnen und ein beträchtliches Wissen um die
menschliche Natur im allgemeinen erlaubten der
Superiorin die Feststellung, daß das Mädchen sie
nicht belog, sondern daß sie sich einem klaren Fall
von partieller Amnesie gegenübersah. Es blieb ihr
keine andere Wahl, als die Eltern der Wiederaufge-
tauchten kommen zu lassen und sie über die Ereignisse zu unterrichten. Sie eilten in die Schule und
führten mit ihrer Tochter hinter verschlossenen Türen ein langes, bewegtes Gespräch, wonach sie ihrem bereits erwähnten Wunsch Ausdruck gaben,
der Fall möge als abgeschlossen betrachtet werden,
ohne jedoch die Gründe für diese Entscheidung näher zu erläutern. Die Superiorin akzeptierte die
Auflage, erklärte jedoch ihrerseits, sie müsse die Eltern des Mädchens angesichts des Vorgefallenen
darum bitten, sich selbst um sie zu kümmern, da sie
sie in der Schule nicht wiederzulassen könne, emp-
fahl ihnen jedoch den Namen einer weltlichen
Lehranstalt, wohin wir die etwas zurückgebliebenen oder hoffnungslos ungezogenen Schülerinnen
zu überweisen pflegen. Und so endete der Fall des
verschwundenen Mädchens.«

Die Nonne verstummte, und in Doktor Sugrañes'
Büro trat Schweigen ein. Ich fragte mich, ob das
wirklich alles war. Es erschien mir unlogisch, daß
diese beiden von ihren Verpflichtungen geplagten
Personen Zeit und Speichel verschwendeten, um
mir eine derartige Geschichte aufzutischen. Ich
wollte sie zum Weitersprechen ermuntern, brachte
aber nur gerade ein entsetzliches Schielen zustande.
Die Nonne unterdrückte einen Schrei, und der
Kommissar warf den Zigarrenstummel in einer per-
fekten Parabel zum Fenster hinaus. Es verstrich eine
weitere peinliche Minute, und dann flog die Zigarre
wieder zum Fenster herein, ohne jeden Zweifel von
einem Insassen zurückgeworfen, in der Annahme,
es handle sich um einen Test, der ihm vielleicht die
Freiheit eintrage, wenn er gut dabei abschneide.

Nach dem Zwischenspiel mit der Zigarre und
nachdem der Kommissar und die Nonne einver-
nehmliche Blicke gewechselt hatten, murmelte er-
sterer etwas so leise, daß ich es nicht verstehen
konnte. Ich bat ihn, seine Worte zu wiederholen,
und es waren, falls er es wirklich tat, die folgenden:

»Es ist wieder passiert.«

»Was ist wieder passiert?«

»Es ist wieder ein Mädchen verschwunden.«

»Ein anderes oder dasselbe?«

»Ein anderes natürlich, du Dummkopf. Hat man
dir nicht gesagt, daß das erste von der Schule gewie-
sen wurde?«

»Und wann ist das geschehen?«

»Gestern nacht.«

»Unter welchen Umständen?«

»Unter denselben, außer daß alle Protagonistinnen verschieden waren: das verschwundene Mädchen, seine Kameradinnen, die Aufseherin, wenn sie sich so nennt, und die Superiorin, über die ich meine nachteilige Meinung wiederhole.«

»Und die Eltern des Mädchens?«

»Und die Eltern des Mädchens, selbstverständlich.«

»Das ist nicht so selbstverständlich. Es könnte sich ja um eine jüngere Schwester der ersten handeln.«

Der Kommissar zeigte sich in seinem Stolz getroffen.

»Könnte, tut es aber nicht«, sagte er nur. »Andererseits wäre es töricht, zu leugnen, daß die Angelegenheit, denn wir können davon ausgehen, daß wir zwei Episoden ein und derselben Angelegenheit vor uns haben, oder die Angelegenheiten, falls es zwei sind, ein etwas unangenehmes Gerüchlein absondern. Ebenfalls unnötig zu erwähnen, daß wir beide, sowohl ich wie die ehrwürdige Mutter hier, sehr darauf erpicht sind, daß die erwähnte Angelegenheit oder die Angelegenheiten ins reine kommen – rasch, sauber und ohne Skandale, welche das Ruhmesblatt der von uns vertretenen Institutionen beflecken könnten. Dazu benötigen wir eine Person, die die weniger angenehmen Milieus unserer Gesellschaft kennt, deren Name beschmutzt werden kann, ohne daß es irgendwem schadet, die in der Lage ist, für uns die Arbeit zu machen, und deren wir uns im gegebenen Moment ungeniert wieder entledigen können. Es wird dich nicht überraschen, zu erfahren, daß du diese Person bist. Vorher haben wir dir angedeutet, welche Vorteile eine diskrete und erfolgreiche Arbeit mit sich bringen könnte, und ich überlasse es deiner Beurteilung, dir die Konsequenzen eines zufälligen oder willentlichen Irrtums auszumalen. Du näherst dich der Schule oder den Angehörigen der Verschwundenen, deren Namen wir dir der größeren Sicherheit halber nicht nennen werden, auch nicht von ferne; jedwede Information, die du erhältst, teilst du mir, und nur mir, umgehend mit; du unternimmst nichts als das, was ich dir je nach Laune nahelege oder befehle, und für jegliche Abweichung vom obengenannten Vorgehen wirst du dir meinen Zorn einhandeln und die übliche Art, ihn abzureagieren. Ist das deutlich genug?«

Da wir mit dieser unheilverkündenden Ermahnung, auf die keine Antwort von mir erwartet wurde, den Gipfel unserer Plauderei erreicht zu haben schienen, drückte der Kommissar wieder auf den Ampelknopf, und unverzüglich erschien Doktor Sugrañes, der, wie ich vermute, die Mußezeit genutzt hatte, um sich an der Krankenschwester gütlich zu tun.

»Alles in Butter, Doktor«, verkündete der Kommissar. »Wir nehmen diese, hem, hem, Perle mit und werden Ihnen zu gegebener Zeit das Ergebnis dieses interessanten psychopathischen Experiments amtlich zustellen. Vielen Dank für Ihre liebenswürdige Mitarbeit und weiterhin alles Gute. He du, bist du taub?« Überflüssig zu sagen, daß damit ich und nicht Doktor Sugrañes gemeint war.

»Siehst du nicht, daß wir gehen?«

Und sie brachen auf, ohne mir auch nur Gelegenheit zu geben, meine wenigen Siebensachen zusammenzupacken, was allerdings keinen großen Verlust bedeutete, und, schlimmer noch, auch ohne mir Gelegenheit zum Duschen zu geben, so daß sich meine stinkenden Ausdünstungen bald im ganzen Streifenwagen ausbreiteten, der uns mit Hupen, Sirenengeheul und Geholper in wenig mehr als einer Stunde ins Stadtzentrum und damit ans Ende dieses Kapitels brachte.

3. Kapitel

Ein Wiedersehen, eine Begegnung und eine Reise

Als ich gerade mit größtem Entzücken das Menschengewühl in Barcelona betrachtete, wohin ich seit fünf Jahren meinen Fuß nicht mehr gesetzt hatte, wurde ich mit einem präzisen Tritt vor den Canaletas-Brunnen befördert, von dessen chlorigem Wasser ich sogleich voller Vergnügen trank. An dieser Stelle muß ich einen bekenntnishaften Einschub machen, um mitzuteilen, daß mein erstes Gefühl in Freiheit und als mein eigener Herr und Meister ein freudiges war. Diesem Einschub füge ich bei, daß sogleich Ängste aller Art auf mich einstürmten, hatte ich doch weder Freunde noch Geld, noch Unterkunft, noch andere Wäsche als die auf meinem Körper, eine völlig verschmutzte, abgetragene Spitalkluft, anderseits aber eine Mission zu erfüllen, die ich voller Gefahren und Schwierigkeiten vor mir liegen sah.

Als erste Maßnahme beschloß ich, ich müsse etwas essen, denn es ging schon gegen Abend, und seit dem Frühstück hatte ich noch keine Krume verzehrt. Ich suchte in den nahen Abfalleimern und Wassergruben um die Bäume und fand ohne Mühe ein halbes belegtes Brötchen oder – wie sich das laut einem Schild inzwischen modisch nannte – Frankfurter Sandwich, das irgendein angeekelter Passant weggeworfen hatte und das ich gierig verschlang, obwohl es leicht bitter schmeckte und von schwammiger Konsistenz war. Wieder bei Kräften, schlenderte ich gemächlich die Ramblas hinunter, amüsierte mich im Gehen über den malerischen Trödelhandel, der sich auf dem Boden abwickelte, und wartete auf das Hereinbrechen der Nacht, die sich am Himmel durch das Fehlen von Licht ankündigte.

In den ausgelassenen Nuttenbars des Chinesischen Viertels herrschte ein lebhaftes Getümmel, als ich mein Ziel erreichte: eine Spelunke namens *Leashes American Bar*, gemeinhin bekannter als »El Leches«, an einer Ecke der Calle Robador im Kellergeschoß gelegen, wo ich meinen ersten und glaubwürdigsten Kontakt zu knüpfen hoffte, und so war es denn auch, denn kaum zeichnete sich meine Gestalt in der Tür ab und hatten sich meine Augen an das Schummerlicht gewöhnt, erspähte ich an einem Tisch die blonden Haare und den leicht grünlichen Speck einer Frau, die, weil sie mir den Rücken zuwandte, meine Anwesenheit nicht bemerkte und mit einem dieser flachen Zahnstocher, an denen Busschaffner und andere Beamte herumlutschen, in ihren Ohren weiterbohrte, bis ich mich ihren Augen offenbarte, worauf sie die an die Lider geklebten Wimpern in die Höhe riß, soweit die Haut es zuließ, und gleichzeitig maßlos den Mund aufsperrte, was mir einen Blick auf ihre kariösen Zähne erlaubte.

»Servus, Cándida«, sagte ich, denn so hieß meine Schwester, und niemand anders war die Frau, an die ich mich gewandt hatte, »lange nicht mehr gesehen!« Bei diesen Worten mußte ich mich zu einem schmerzlichen Lächeln zwingen, denn der Anblick der von den Jahren und vom Leben angerichteten Verwüstungen in ihrem Gesicht trieb mir Tränen des Mitleids in die Augen. Jemand hatte, weiß Gott, in welcher Absicht, meiner Schwester in ihrer Jugend gesagt, sie gleiche Juanita Reina. Die Arme hatte es geglaubt und klammerte sich noch jetzt, dreißig Jahre später, hartnäckig an diese Illusion. Aber das hatte nie gestimmt. Wenn mich die Erinnerung nicht trügt, war Juanita Reina ein rassiges, urwüchsiges Weibsbild, Eigenschaften, die meine Schwester, gelinde gesagt, nicht besaß. Sie hatte ganz im Gegenteil eine konvexe, eingebeulte Stirn, winzige und, wenn ihr etwas Sorgen machte, zum Schielen neigende Äuglein, eine Schweinestupsnase und einen erratischen, schiefen Mund mit unregelmäßigen, vorstehenden gelben Zähnen. Ganz zu schweigen von ihrem Körper: Seit je hatte sie an den Nachwirkungen einer stümperhaften Sturzgeburt gelitten, die sie das Licht der Welt im Hinterraum einer Eisenwarenhandlung, wo meine Mutter sie krampfhaft abzutreiben versuchte, erblicken ließ, so daß ihr Körper wie ein Trapezoid und im Verhältnis zu den kurzen, krummen Haxen überdimensioniert herauskam, was ihr fast das Aussehen eines erwachsenen Zwerges gab, wie es, mit der Gefühllosigkeit des Künstlers, der Fotograf treffend definierte, der sich am Tag ihrer Erstkommunion weigerte, sie abzulichten, unter dem Vorwand, das würde seine Linse in Verruf bringen. »Du schaust jünger und hübscher aus denn je.«

»Gottverdammte Scheiße«, begrüßte sie mich, »du bist aus dem Irrenhaus abgehauen!«

»Du irrst dich, Cándida, man hat mich rausgelassen. Darf ich mich setzen?«

»Nein.«

»Man hat mich heute nachmittag rausgelassen, und ich habe mir gesagt: Was wirst du als erstes tun, was begehrt dein Herz am meisten?«

»Ich habe der heiligen Rosa eine Kerze versprochen für den Fall, daß man dich lebenslänglich hinter Gittern hält«, seufzte sie. »Hast du schon gegessen? Wenn nicht, kannst du an der Theke ein Sandwich bestellen und sagen, man soll's bei mir anschreiben. Aber ich werde dir nicht einen einzigen Duro geben, damit du's gleich weißt.«

Trotz ihrer offenkundigen Unfreundlichkeit mochte mich meine Schwester gut leiden. Ich vermute, ich war für sie immer der Sohn, nach dem sie sich sehnte und den sie nie würde haben können, weil ihrer potentiellen Mutterschaft, sei es wegen einer angeborenen Mißbildung, sei es wegen des Ärgers mit dem Leben, eine Reihe innerer Höhlen im Weg standen, welche Gebärmutter, Milz und Grimmdarm in direkte Verbindung setzten und so aus ihren Organfunktionen einen unvorhersehbaren, nicht zu steuernden Mischmasch machten.

»Ich hätte dich auch nicht darum gebeten, Cándida.«

»Du siehst entsetzlich aus.«

»Weil ich nach dem Fußball nicht duschen konnte.«

»Ich spreche nicht nur von deinem Geruch.« Sie

machte eine Pause, die ich als Betrachtung über den unerbittlichen Lauf der Jahre interpretierte, in deren Schlund unsere so flüchtige Jugend zugrunde geht. »Aber bevor du dein Glück woanders versuchst, sag mir eins: Wenn du kein Geld willst, wozu bist du dann gekommen?«

»Vor allem, um zu sehen, wie's dir geht. Und nachdem ich nun festgestellt habe, daß dein Aussehen nicht mehr zu übertreffen ist, möchte ich dich um einen klitzekleinen Gefallen bitten, den man kaum als solchen bezeichnen kann.«

»Tschüs!« Sie machte eine Bewegung mit ihrer molligen, nikotinverfärbten und vom Modeklunker grünlich gewordenen Hand.

»Eine kleine Auskunft, die dich nicht das geringste kostet, mir aber von großem Nutzen sein kann. Weniger eine Auskunft, eher ein Gemunkel, ein harmloser Klatsch...«

»Du hast dich wieder mit Kommissar Flores eingelassen, wie?«

»Nein, Schwesterherz, was bringt dich denn auf diesen Gedanken? Reine Neugier, du weißt schon. Die Kleine da... aus der Schule in San Gervasio – wie heißt sie noch? Es stand in den Zeitungen... Das Mädchen, das vor ein paar Tagen verschwunden ist – weißt du, wen ich meine?«

»Ich weiß gar nichts. Und selbst wenn ich etwas wüßte, würde ich dir nichts sagen. Das ist eine häßliche Geschichte. Steckt Flores mit drin?«

»Bis hierhin.« Ich legte die offene Hand auf meinen borstigen Schopf, in dem, ach, schon reichlich weiße Haare zu sehen waren.

»Dann ist das Ganze noch häßlicher, als man mir sagte. Was springt für dich dabei raus?«

»Die Freiheit.«

»Geh zurück ins Irrenhaus: ein Dach, ein Bett und drei Mahlzeiten täglich – was willst du mehr?« Trotz der dicken Make-up-Schicht spiegelte sich Unruhe auf ihrem Gesicht.

»Laß mich mein Glück versuchen.«

»Was mit dir geschieht, ist mir schnurz, aber ich will dabei keine Spritzer abbekommen. Und erzähl mir nicht, diesmal sei es anders, denn seit deiner Geburt hast du mir nichts als Scherereien gemacht. Dafür bin ich inzwischen zu alt. Und nun geh schon. Ich erwarte einen Kunden.«

»Bei deinem hübschen Lärvchen hast du bestimmt keinen Mangel daran.« Ich wußte genau, daß meine Schwester für Schmeicheleien sehr empfänglich war, vielleicht weil das Leben sie nicht allzusehr verwöhnt hatte. Mit neun Jahren, in einem Alter also, wo einem solche Widerwärtigkeiten zusetzen, hatte man ihr, weil sie so häßlich war, nicht erlaubt, in der Wohltätigkeitskampagne von Radio Nacional »María de las Mercedes«, das sie nach sechs Monaten aufreibenden Bemühens endlich auswendig konnte, zu singen, trotz der dem Medium innewohnenden Anonymität und obwohl sie eine angemessene Schenkung beisteuerte, die sie sich nicht ohne Mühe zusammengespart hatte, indem sie ihren Dickhäuterhintern den alten, halbblinden Tunten des San-Rafael-Heims feilbot, welche sie im Abendzwielicht für einen anpassungsfähigen, weil notleidenden Rekruten aus der benachbarten Kaserne von Pedralbes hielten. »Willst du mir auch nicht einen kleinen Hinweis geben, mein Engel?« beharrte ich.

Ich wußte bereits, daß sie mir weder einen Hinweis noch sonst etwas geben würde, aber ich wollte Zeit gewinnen, denn wenn sie wirklich einen Kunden erwartete, brachte sie vielleicht ihre Eile, mich loszuwerden, zum Sprechen. Also bedrängte ich sie weiter, bald flehend, bald drohend. Meine Schwester wurde nervös und goß mir schließlich das Cacaolat mit Eis, das sie wie ein alkoholisches Getränk in der Hand hielt, über die Hose, woraus ich schloß, ihr Kunde sei gekommen, so daß ich mich umwandte, um zu sehen, um wen es sich handelte.

Es handelte sich, eine Seltenheit unter der Kundschaft meiner Schwester, um einen jungen, kräftigen Mann von halb anmutigem, halb blutwurstähnlichem Wuchs, sozusagen ein fett gewordener Torero. Sein gefälliges Gesicht krankte an einer aufreizenden Zweideutigkeit, als wäre er, um Namen zu nennen, ein Sprößling von Kubala und La Bella Dorita. Sein stattliches Aussehen und die für unser Klima unpassende Kleidung wiesen ihn als Matrosen aus, das strohblonde Haar und die hellen Augen als Ausländer, vermutlich ein Schwede. Im übrigen pflegte meine Schwester ihre Verkehrsteilnehmer unter den Matrosen anzuheuern, denn diese hielten, aus fernen Landen kommend, die arme Cándida für exotisch und nicht für das, was sie in Wirklichkeit war: ein Schreckgespenst.

Unterdessen war meine Schwester aufgestanden und hatte den Matrosen zuckersüß umarmt, ungeachtet der Fausthiebe, die er ihr verpaßte, um sie auf Distanz zu halten. Ich beschloß, die mir vom Schicksal bescherte Chance zu nutzen, und klopfte dem Kunden auf seine Felsenschulter, mit dem weltmännischen Gebaren, das ich bei solchen Gelegenheiten vorzutäuschen pflege.

»*Me*«, sagte ich, auf mein wegen Nichtgebrauchs etwas eingerostetes Englisch zurückgreifend, »Cándida: *sisters*. Cándida, *me sister, big fart. No, not big fart, big fuck. Strong. Not expensive.* Wie?«

»Halt die Klappe, Richard Burton«, antwortete der Matrose barsch.

Er sprach gut Spanisch, der verflixte Kerl, sogar mit einem leichten aragonesischen Akzent, sehr bemerkenswert bei einem Schweden.

Meine Schwester schnitt mir Grimassen, die ich übersetzte mit: Hau ab, oder ich polier' dir die Fresse. Da war nichts mehr zu machen. Sehr höflich verabschiedete ich mich von dem glücklichen Paar und trat auf die Straße. Der Anfang war nicht gerade verheißungsvoll, aber welcher Anfang ist das schon? Ich beschloß, mich nicht von Entmutigung unterkriegen zu lassen und einen Ort zum Übernachten zu suchen. Ich kannte mehrere billige Pensionen, aber keine so billig, daß ich sie ohne Geld hätte bezahlen können, weshalb ich mich entschloß, zur Plaza de Cataluña zurückzugehen und mein Glück in der Metro zu versuchen. Der Himmel war bedeckt, und in der Ferne war Donnergrollen zu hören.

In der Station herrschte dichtes Gedränge, denn die Vorstellungen hatten geendet, und so war es mir ein leichtes, mich auf den Bahnsteig zu schmuggeln. Im ersten abfahrenden Zug hockte ich mich auf einen Ersterklassesitz und versuchte zu schlafen. An der Provenza stiegen ein paar angetrunkene Halbstarke ein, die sich auf meine Kosten zu amüsieren begannen. Ich stellte mich dumm und ließ zu, daß sie mich piesackten. Als sie bei Tres Torres ausstiegen, hatte ich sie um eine Armbanduhr, zwei Kugelschreiber und eine Brieftasche erleichtert. Die Brieftasche enthielt nur einen Personalausweis, einen Führerschein, ein Mädchenfoto und einige Kreditkarten. Ich schmiß Brieftasche samt Inhalt an einer Stelle hinaus, wo sie meiner Meinung nach nicht mehr zu finden war – das sollte ihrem Inhaber eine Lehre sein. Die Uhr und die Kugelschreiber behielt ich dagegen mit Freuden, denn damit würde ich die Pension bezahlen, zwischen Bettüchern schlafen und mir endlich eine schöne Dusche leisten können.

Mittlerweile hatte die Metro die Endstation erreicht. Da kam mir zu Bewußtsein, daß ich mich unweit der Schule der Lazaristenschwestern von San Gervasio befand, und dachte, es wäre eine gute Idee, die Nase etwas in die unmittelbare Umgebung zu stecken, trotz Kommissar Flores' Warnungen. Als ich auf die Straße trat, hatte es zu nieseln begonnen. In einem Abfalleimer sah ich eine *Vanguardia*, die ich mir wie einen Schirm über den Kopf hielt.

Obwohl ich mich rühmen darf, Barcelona gut zu kennen, verirrte ich mich ein paarmal, bevor ich die Schule fand – fünf Jahre Isolation hatten meinen Orientierungssinn abgestumpft. Durchnäßt gelangte ich vor das Gittertor und stellte fest, daß die

Beschreibung des Kommissars präzis gewesen war. Sowohl das fragliche Tor wie auch die Mauern waren offensichtlich uneinnehmbar, auch wenn die Mauer wegen der abfallenden Straße auf der Rückseite des Grundstücks etwas weniger hoch war. Und dann geschah noch etwas Schlimmeres: Mein kurzes heimliches Herumschnüffeln war den vom Kommissar bereits erwähnten Hirtenhunden nicht entgangen, die, zwei an der Zahl, ihre furchterregenden Kinnladen durch die Eisenstäbe streckten und ein Knurren und vielleicht auch Beleidigungen und Prahlereien hören ließen, in dieser Tiersprache, welche die Wissenschaft sich umsonst zu entziffern bemüht. Das in der Mitte des Gartens stehende Haus war groß und, soweit mir der inzwischen strömende Regen und die nächtliche Dunkelheit überhaupt ein treffendes architektonisches Urteil erlaubten, häßlich. Die Fenster waren schmal – außer einigen länglichen Glastüren, die vermutlich zur Kapelle gehörten –, aber auf die Distanz vermochte ich nicht festzustellen, ob sie so eng waren, daß sich auch ein magerer Körper wie der eines Backfisches oder mein eigener nicht hindurchzwängen konnte. Zwei Kamine hätten einer sehr kleinen Person als Einstieg dienen können, hätten sie nicht auf dem First eines unbegehbaren Dachs gestanden. Die Nachbarhäuser waren allesamt herrschaftliche, ebenfalls von Gärten und Baumbeständen umgebene Villen. Ich prägte mir all das ins Gedächtnis ein und hielt dann den Moment für gekommen, zur Ruhe zu gehen.

4. Kapitel

Das Inventar des Schweden

Trotz der vorgerückten Stunde waren die Cafés auf den Ramblas überfüllt, nicht aber die Gehsteige, denn es goß weiterhin in Strömen. Beruhigt stellte ich fest, daß sich die Stadt in fünf Jahren nicht allzusehr verändert hatte.

Die Pension, zu der ich meine Schritte lenkte, lag bequem an einer Krümmung der Calle de las Tapias und kündigte sich so an: »HOTEL CUPIDO, sämtlicher Komfort, Bidet in allen Zimmern.« Der Rezeptionist schnarchte, was das Zeug hielt, und erwachte voller Wut. Er war einäugig und neigte zur Blasphemie. Nicht ohne Diskussion willigte er ein, mir gegen die Uhr und die Kugelschreiber für drei Nächte ein Zimmer mit Fenster abzutreten. Meinem Protest begegnete er mit dem Hinweis, die politische Instabilität habe den Touristenstrom eingedämmt und die private Kapitalinvestition vermindert. Ich machte geltend, wenn diese Faktoren die Hotelindustrie in Mitleidenschaft gezogen hätten, so hätten sie auch die Uhrenindustrie und die Kugelschreiberindustrie, oder wie immer sie heiße, in Mitleidenschaft gezogen, worauf der Einäugige antwortete, das interessiere ihn einen Dreck, drei Nächte seien sein letztes Wort und ich solle es nehmen oder bleiben lassen. Der Handel war ausbeuterisch, aber es blieb mir keine andere Wahl, als ihn zu akzeptieren. Das Zimmer, das mir das Schicksal bescherte, war ein Saustall und roch nach Pisse. Die Laken waren so schmutzig, daß ich sie mit Gewalt voneinanderzerren mußte. Unter dem Kopfkissen fand ich eine durchlöcherte Socke. Das Gemeinschaftsbadezimmer glich eher einem Schwimmbecken, Klosett und Lavabo waren verstopft, und in letzterem schwamm eine schleimig schillernde Substanz ganz nach dem Geschmack der Fliegen. Von Duschen konnte keine Rede sein, und ich ging zurück ins Zimmer. Durch die Wände hörte man rasselndes Husten, Keuchen und sporadische Fürze. Ich sagte mir, sollte ich eines Tages reich sein, so würde ich mir keinen andern Luxus gönnen, als ausschließlich in Ein-Stern-Herbergen abzusteigen – zum mindesten. Während ich die übers Bett kriechenden Kakerlaken herunterschüttelte und zertrat, konnte ich nicht umhin, an meine hygienische Irrenhauszelle zu denken, und ich muß gestehen, daß mich Sehnsucht befiel. Aber es gibt kein größeres Gut als die Freiheit, sagt man, und so kam es nicht in Frage, sie jetzt geringzuschätzen, wo ich mich ihrer endlich erfreute. Mit diesem Trost schlüpfte ich ins Bett und versuchte einzuschlafen, während ich mir immer wieder die Stunde aufsagte, zu der ich erwachen wollte, denn ich weiß, daß das Unterbewußte nicht nur unsere Kindheit gründlich entstellt, unsere Affekte fehlleitet, uns an das erinnert, was wir sehnlichst vergessen wollen, und uns unsere niederträchtige Natur offenbart, mit einem Wort: nach Belieben und im Sinn einer Kompensation unser Leben zerstört, sondern auch die Funktion des Weckers übernimmt.

44

Ich war schon fast eingeschlafen, als kräftig an die Tür geklopft wurde. Glücklicherweise hatte diese einen Riegel, den ich vor dem Zubettgehen vorsichtshalber zugeschoben hatte, so daß der Besucher, wer immer es sein mochte und was immer seine Absichten, auf die Konvention zurückgreifen mußte, vor dem Eintreten anzuklopfen. Ich fragte, wer es sei, in der Annahme, es handle sich um irgendeinen warmen Bruder, der mir, vielleicht für Geld, einen Antrag machen wollte, und es antwortete eine keineswegs unbekannte Stimme mit den Worten:

»Laß mich hinein. Ich bin der Freund deiner verwachsenen Schwester.«

Ich öffnete einen Spaltbreit die Tür und sah tatsächlich den strammen schwedischen Burschen draußen stehen, den ich vor ein paar Stunden in Gesellschaft meiner Schwester kennengelernt hatte, auch wenn seine mächtigen Kinnladen nicht mehr der blonde Bart von zuvor schmückte, den er vielleicht gar nie getragen hatte, denn obwohl ich ein guter Beobachter bin, wie ich schon sagte, entgehen mir manchmal solche Kleinigkeiten, und seine Kleider in ziemlich üblem Zustand waren.

»Womit kann ich Ihnen dienen?« fragte ich.

»Ich will hinein«, antwortete der Schwede mit zittriger Stimme.

Ich zögerte einen Moment, ließ ihn aber schließlich herein, da er immerhin ein Kunde meiner Schwester war, der sich noch dazu als ihren Freund bezeichnete, und es war keineswegs ratsam, mich mit ihr zu überwerfen. Ich dachte, vielleicht wolle er über irgendeine Familienangelegenheit sprechen und sehe in mir, als dem Mann, den geeigneten Gesprächspartner hierfür. Dieses schon anachronistische Zartgefühl und etwas im Aussehen des Schweden sagten mir, daß ich mich in Gegenwart eines rechtschaffenen Mannes befand, und es beeinträchtigte meine Achtung nicht, daß er eine große Pistole aus der Tasche zog und mich damit ins Visier nahm, während er sich aufs Bett setzte. Aber Waffen machen mir angst, sonst hätte meine Verbrecherlaufbahn nicht bloß einen so kurzen Aufschwung genommen, und so teilte ich ihm das auch mit.

»Ich sehe, mein Herr«, sagte ich gemessen, mit vielen Gebärden und im Bemühen, deutlich zu artikulieren, damit die Sprachbarriere kein Hindernis für unser gegenseitiges Verstehen sei, »daß irgend etwas Sie dazu bringt, mir zu mißtrauen, vielleicht ein natürlicher, durch mein Aussehen hervorgerufener Argwohn, vielleicht so ein Gerücht, wie böse Zungen sie gern verbreiten. Aber ich kann Ihnen bei meiner Ehre, bei der meiner Schwester, *sister*, und unserer frommen Mutter, die Gott selig habe, versichern, daß Sie von mir nichts zu befürchten haben. Ich bin scharfblickend, und so ist mir, obwohl ich Sie nur oberflächlich zu kennen das Vergnügen habe, nicht entgangen, daß Sie ein ganzer Kerl sind, ein Mann von Prinzipien, gebildet und aus guter Familie, den vielleicht Schicksalsschläge zu einem rastlosen Leben getrieben haben, auf die Suche nach weiteren Horizonten, nach Vergessen sogar.«

Meine Aufrichtigkeit schien keinen Eindruck auf seinen Starrsinn zu machen. Er saß nach wie vor auf meinem Bett, die ausdruckslosen Augen auf mich geheftet und die Gedanken zweifellos in wer weiß was für schmerzlichen Erinnerungen, unbeschreiblichen Gesichten und Melancholien verloren.

»Es ist sogar denkbar, daß Sie argwöhnten«, fuhr ich fort, um ihn seinen möglichen Groll vergessen zu lassen, der mich zu einem Prügelknaben hätte machen können, »zwischen meiner *sister* und *me* sei etwas mehr als eine rein verwandtschaftliche Beziehung. Leider verfüge ich über keinerlei beweiskräftige oder sonstige Dokumente, um letzteres zu beglaubigen. Die Verwandtschaft meine ich natürlich, was uns automatisch gegen jeden böswilligen Verdacht absichern würde. Und ebensowenig kann ich als Beweis für die Blutsverwandtschaft unsere physische Ähnlichkeit anführen, da sie nun einmal so schön ist, *beautiful*, und ich Unglücklicher ein Exkrement; aber das kommt eben oft vor, denn die Natur verteilt ihre Gaben willkürlich, und nichts wäre ungerechter, als mich dafür büßen zu lassen, daß ich aus der Verlosung weniger begünstigt hervorgegangen bin, finden Sie nicht auch?«

Anscheinend fand er es nicht, denn er blieb unerschütterlich. Als einzigen Kommentar hatte er sich den Rock ausgezogen, in dem ihm sehr heiß sein mußte, saß nun im Unterhemd da und zeigte die herkulische Konfiguration seines Brustkorbs und seiner Arme, zwischen deren prallen Muskeln wundersam die Jungfrau von Montserrat erscheinen zu sehen mich nicht überrascht hätte. Ich vermutete, er kultiviere seine äußere Erscheinung, beteilige sich an Fernkursen für Körperentwicklung und kaufe

Armbrüste, Expander, Gummibänder und Hanteln, um in seiner Kajüte Gymnastik zu betreiben, und beschloß, mit Hilfe von Schmeichelei diese Facette seiner Persönlichkeit zu ergründen, die ich psychischen Unsicherheiten, Angst vor Frauen und vielleicht einer grundsätzlichen Undefiniertheit als Mann zuschrieb.

»Nichts wäre niedriger, mein Freund, als Ihre Wut an mir auszulassen, der ich keinerlei Sport treibe, keiner Diät folge und keine Pampelmusen esse, weil sie mir nicht schmecken, und überdies rauche – Sie, ein Tarzan der Meere, ein skandinavischer Maciste, ein würdiger Nachfolger des gefeierten Charles Atlas, den Sie wahrscheinlich Ihrer Jugend wegen nicht mehr kennenlernen konnten, der aber mit seinen tigergleichen Kniebeugen soviel Neid erweckte und die Schwachmatikusse von einst und die Flaschen von heute soviel eitle Hoffnungen schöpfen ließ.«

Während ich diese beschwichtigenden Worte an ihn richtete, suchte ich mit den Augen das Zimmer nach irgendeiner Schlagwaffe ab, womit ich ihm eins über den Schädel ziehen konnte, falls meine Erklärungen seine offensichtliche Feindseligkeit nicht zu zerstreuen vermochten, und als ich unters Bett schaute, auf dem mein mürrischer Schwager in spe saß, ob dort vielleicht ein Nachttopf stand, den ich als Keule hätte brauchen können, den es aber in diesem erbärmlichen Hotel nicht gab, bemerkte ich, wie sich zwischen seinen Beinen eine dunkle Lache bildete, was ich sogleich irgendeinem unglücklichen Harnfluß zuschrieb.

»Sie haben vielleicht sogar«, sprach ich weiter, als ich sah, daß er offenbar nicht zu Tätlichkeiten schritt, solange ich redete, »als Sie uns zusammen gesehen haben, den Fehlschluß gezogen, ich sei der Zuhälter Ihrer, wenn Sie mir erlauben, sie so zu nennen, geliebten Cándida, *love*«, sagte ich und brachte die eine oder andere englische Wendung in meine Rede ein, um ihm die anscheinend etwas verspätete Assimilation zu erleichtern, »aber Sie müssen meinem Wort glauben, der einzigen Bürgschaft der Besitzlosen, daß so etwas nicht zutrifft, *mistake*, daß Cándida auf diese verwerfliche Einrichtung allemal verzichtet und ihr ganzes Leben lang selbständig gearbeitet hat, mit keiner andern Krücke, wenn Sie den Vergleich gestatten, als derjenigen des Doktor Sugrañes« — eine Improvisation des Augenblicks, denn meine Schwester hatte aus Abneigung gegen den Löffelstiel, den die Ärzte in jedermanns Mund stecken wollen, um dort weiß Gott was zu betrachten, noch nie eine Poliklinik betreten —, »der ihr und ihren Kunden mit seiner Wissenschaft schon so manche Unannehmlichkeit erspart hat. Und erlauben Sie mir, beizufügen, daß es im Verlauf von Cándidas, *me sister's*, Karriere, die wegen ihrer außerordentlichen Jugend erst kurz ist, nie irgendein Symptom von Gonorrhö, Blennorrhö, Morbus gallicus oder einer bekannten Abart der Franzosenkrankheit, *french bad*, gegeben hat, und sollten Sie zufällig mit der Idee geliebäugelt haben, vor Gott und den Menschen eine Verbindung für rechtmäßig zu erklären, die ich als in Ihrem Herzen schon geschlossen erahne, kann ich

Ihnen versichern, daß Ihre Wahl ein Volltreffer ist und Sie nicht nur mit meiner Zustimmung, sondern auch mit meinem brüderlichen Segen rechnen dürfen.«

Und mit meinem gewinnendsten Lächeln und weit ausgebreiteten Armen trat ich in päpstlicher Haltung auf ihn zu, und da sich der Schwede gegen diesen Herzenserguß nicht zu sträuben schien, versetzte ich ihm, kaum war ich nahe genug, mit dem Knie einen kräftigen Stoß in die Schamteile, was ihm jedoch trotz meiner gründlichen Erfahrung auf diesem Gebiet offenbar nicht im geringsten zusetzte. Seine Augen standen noch immer weit offen, allerdings nicht mehr auf mich, sondern in die Unendlichkeit gerichtet, und von den Lippen floß ihm grünlicher Schleim. Aus diesen Details und daraus, daß er nicht atmete, schloß ich, daß er tot war. Eine eingehendere Untersuchung erlaubte mir die Feststellung, daß die sich zu seinen Füßen ansammelnde Lache Blut war und daß dieser Lebenssaft die Beine seiner Kordhose tränkte.

Was für ein Pech, dachte ich bei mir, er wäre eine gute Partie für Cándida gewesen.

Aber nicht über das familiäre Thema hatte ich mir im Moment das Hirn zu zermartern, sondern über die Art und Weise, wie ich diskret und speditiv die Leiche beseitigen konnte. Ich verwarf den Plan, sie aus dem Fenster zu schmeißen, denn für den Finder wäre es offensichtlich gewesen, woher sie käme. Sie durch die Tür aus dem Hotel zu schaffen, war eine unsinnige Idee. So entschloß ich mich für die einfachste Lösung: mich der Leiche zu entledigen, indem ich sie ließ, wo sie war, und mich aus dem Staub zu machen. Mit etwas Glück würde man, wenn man den Leichnam fand, glauben, ich liege im Bett und nicht der Schwede. Schließlich war der Rezeptionist einäugig, sagte ich mir. Ich begann die Taschen zu plündern und holte folgendes Inventar heraus:

Linke Jackeninnentasche: nichts.

Rechte Jackeninnentasche: nichts.

Linke Jackenaußentasche: nichts.

Rechte Jackenaußentasche: nichts.

Linke Hosentasche: eine Schachtel Streichhölzer mit dem Werbeaufdruck eines galizischen Restaurants, ein Tausend-Peseten-Schein, eine verblaßte halbe Kinokarte.

Rechte Hosentasche: ein durchsichtiges Plastikbeutelchen des Inhalts: a) drei kleine Umschläge mit einem weißen Pulver – Alkaloid, Anästhetikum, Narkotikum, vulgo Kokain; b) drei Stückchen lysergsäuregetränktes Löschpapier; c) drei Amphetaminkapseln.

Schuhe: nichts.

Strümpfe: nichts.

Unterhose: nichts.

Mund: nichts.

Nasen-, Ohren- und Rektalöffnungen: nichts.

Während der Durchsuchung formulierte ich unaufhörlich die Fragen, die ich schon vorher formuliert hätte, wenn mir die Umstände erlaubt hätten, mich auf den spekulativen Aspekt der Situation zu konzentrieren. Wer war dieser Mann wirklich? Er trug überhaupt keine Ausweispapiere bei sich und weder Notizbuch oder Adreßkalender mit Telefonnummern noch Briefe, wie man sie in die Tasche steckt, um sie bei erstbester Gelegenheit zu beantworten. Weshalb war er auf mein Zimmer gekommen? In den letzten Zügen, wie er gelegen hatte, schien sein hypothetisches Interesse an meiner Schwester kein plausibler Grund zu sein. Wie hatte er mich ausfindig machen können? Erst sehr spät am Abend hatte ich ja einen Ort zum Übernachten gefunden, und den konnten meine Schwester und ihr Kunde unmöglich kennen. Weshalb hatte er mich mit einer Pistole bedroht? Weshalb hatte er Drogen in der Hose? Weshalb hatte er sich den Bart abrasiert? Nur meine Schwester konnte diese Fragen beantworten, weshalb ich mit ihr dringend einen Meinungsaustausch haben mußte, auch wenn das nichts anderes bedeutete, als sie in eine Geschichte mithineinzuziehen, deren Entwicklung, nach ihren Anfängen zu urteilen, nicht gerade lustig zu werden versprach. Wieder dachte ich über die Möglichkeit nach, ins Irrenhaus zurückzukehren und die mit Kommissar Flores getroffene Vereinbarung aufzuheben. Aber würde man meine Abtrünnigkeit nicht als Beihilfe am Tod des Schweden auslegen, wenn nicht gar als Täterschaft? Obwohl – war ich denn überhaupt in der Lage, nicht nur den Fall der verschwundenen Mädchen, sondern, als Zugabe, auch noch den Hinschied eines Unbekannten aufzuklären, der die Grille hatte, seine Seele ausgerechnet in meinem Bett auszuhauchen?

Sei dem, wie ihm wolle, ich hatte nicht genug Zeit, um sie mit Grübeleien zu verlieren. Ohne jeden Zweifel hatte der Einäugige den Schweden hereinkommen sehen und mußte annehmen, wir versuchten das Zimmer zu teilen und zum halben Preis mit einem Dach über dem Kopf zu schlafen, so daß er Nachschau hielte und damit das traurige Ende des vermeintlichen Schwarzübernachters an den Tag brächte. Also hob ich mir das theoretische Element für eine bessere Gelegenheit auf, füllte meine Taschen mit dem Inhalt derjenigen der Leiche, ohne die Pistole zu vergessen, öffnete so leise wie möglich das Fenster und schätzte die Distanz ab, die mich von dem kleinen Innenhof trennte, auf den dieses hinausführte. Sie war nicht so groß, daß sie ohne übermäßiges Risiko nicht zu überwinden gewesen wäre. Ich legte den Schweden in mein Bett, schloß mit zwei energischen Faustschlägen seine meerfarbenen Augen, denen der Tod eine Aureole überraschter Unschuld verliehen hatte, deckte ihn mit dem Bettuch bis unters Kinn zu, löschte das Licht, stieg durchs Fenster und schloß, während ich mich, so gut ich konnte, am Sims festhielt, von draußen die Flügel. Dann öffnete ich die Hände und stürzte mich in die schwarze Leere, wobei ich, als es bereits zu spät war, feststellte, daß die Distanz zwischen Fenster und Boden viel größer war, als ich sie auf den ersten Blick eingeschätzt hatte, und daß mich der Bruch mehrerer unentbehrlicher Knochen, wenn nicht eine zerquetschte Birne und damit das Ende meiner Abenteuer erwartete.

5. Kapitel

Eine doppelte Flucht

Während des Falls machte ich in der Luft unwill-
kürlich Seiltänzerkunststücke, die mich an die seinerzeit vom frühverstorbenen Prinzen Cantacuceno vollbrachten erinnerten, und dachte, da mir
sonst nichts zu tun blieb, ich würde mir zum krö-
nenden Abschluß des Flugs den Schädel einschla-
gen. Aber es war nicht so, sonst könnten Sie, ver-
ehrter Leser, jetzt nicht diese köstlichen Seiten genießen, denn ich landete in einem hohen schlammi-
gen Abfallhaufen, der, nach Geruch und Beschaffenheit zu urteilen, zu gleichen Teilen aus Fischre-
sten, Suppenkraut, Obst, Gemüse, Eiern, Gekröse
und andern Schlachtabfällen bestehen mußte, und
all das im Zustand fortgeschrittener Fäulnis, so daß
ich mich von Kopf bis Fuß mit einer klebrigen, stinkenden Schicht bedeckt, aber heil und zufrieden aus
dem Unternehmen rettete.

Ohne viel Anstrengung durchwatete ich den Mo-
rast und gelangte vor eine niedrige Mauer, die ich
mühelos erkletterte. Im Damensitz auf der Mauer,
drehte ich mich um, warf einen letzten Blick auf das
Fenster meines ehemaligen Zimmers und entdeckte
ohne große Überraschung, daß Licht darin brannte,
obwohl ich mich ganz genau erinnern konnte, es ge-
löscht zu haben. Zwei Silhouetten zeichneten sich
im Fensterrahmen ab. Ich hielt mich nicht damit
auf, sie zu studieren, sondern sprang von der Mauer

auf den Boden und lief geduckt zwischen Säcken und Kisten davon. Eine andere – oder vielleicht auch dieselbe – Mauer kam mir in die Quere. Über Mauern zu springen ist eine Kunst, die ich schon seit meiner Kindheit betreibe, so daß ich das Hindernis mir nichts, dir nichts überwand und in eine enge Gasse gelangte, an deren Ende eine Straße auf die Ramblas führte. Bevor ich Barcelonas typischste Ader betrat, warf ich die Pistole in einen Gully und fühlte mich nicht wenig glücklich, als ich das schwarze Loch das todbringende Ding verschlukken sah, mit dem noch kurz zuvor auf mich angelegt worden war. Um mein Glück vollkommen zu machen, hatte es zu regnen aufgehört.

Meine Schritte führten mich, weil ich es so wollte, zur Bar »El Leches«, wo ich vor Stunden meine Schwester und den unglückseligen Schweden getroffen hatte und vor der ich nun Posten bezog, verborgen in einer Türöffnung und darauf achtend, die Füße nicht in die allenthalben herumliegende Kotze zu setzen, die von den auf der Reise durch die Nacht gekenterten Mägen verspritzt worden war, und wartete, bis meine Schwester herauskäme. Ich war mir sicher, daß sie dort war, denn von alters her pflegte sie vor dem Morgengrauen die Bar anzulaufen, immer auf der Suche nach verspäteten Kunden, die in ihrer Knausrigkeit damit rechneten, ein Billigangebot zu bekommen, und sie bekamen es auch – im Sinn eines Saisonschlußverkaufs.

Schon war am Horizont ein Helligkeitsstreifen auszumachen, als meine Schwester in der Bartür auftauchte. Mit zwei großen Schritten war ich bei ihr und erhielt den verächtlichsten aller Blicke. Ich fragte sie, wohin sie gehe, und sie sagte, nach Hause. Ich bot mich an, sie zu begleiten.

»Nur schon dein Anblick lädt zum Halluzinieren ein«, sagte ich. »Ich verstehe, daß die Männer deinetwegen Verrücktheiten begehen, aber das heißt noch nicht, daß ich, in meiner Eigenschaft als männliches Geschwister, auch bereit bin, sie zu billigen.«

»Ich hab' dir schon gesagt, daß es kein Geld gibt.«

Ich wiederholte, daß ich nichts mit Anpumpen oder Betteln im Sinn hätte, und plauderte weiter von Belanglosigkeiten, die ich aus einem zwei Jahre alten Exemplar von »¡Hola!« hatte, was ihr aber offensichtlich nicht auffiel, denn bei all seinem Prunk ist das Leben der Berühmtheiten so monoton wie das unsere, wenn auch bequemer, und wie zufällig ließ ich folgende geschickte Frage fallen:

»Was ist eigentlich aus diesem guten Burschen geworden, den ich vor kurzem kennenzulernen das Vergnügen hatte und der, wenn ich meinen Augen glauben darf, so bezaubert von dir war?«

Cándida spuckte aufs Programm des Liceo, das an der Mauer klebte.

»Er ist gegangen, wie er gekommen ist«, sagte sie mit einem Sarkasmus, der ihre Erbitterung nur schlecht verbarg. »Zwei Tage lang ist er um mich herumscharwenzelt, und ich weiß noch immer nicht, was er eigentlich wollte. Natürlich war er nicht mein Typ. Ich gehe eher mit – wie soll ich sie nennen? – Kranken… Ich habe angenommen, er sei einer dieser Perverslinge, die glauben, nur weil man eine schlechte Phase hat, ist man um Geld für jede Gemeinheit zu haben, womit sie, nebenbei gesagt, vollkommen richtig liegen. Auf jeden Fall ist das Ganze im Sand verlaufen. Weshalb fragst du?«

»Einfach so. Ich dachte, ihr würdet ein gutes Paar abgeben: so jung, so kraftstrotzend, so voller Leben... Ich habe immer darauf gebaut, daß du schließlich doch ein Heim gründen würdest, Cándida. Das ist kein Leben für dich, das Richtige für dich ist eine Familie mit Kindern, einem zuverlässigen Mann, einem Waldhäuschen...«

Eingehend beschrieb ich ihr sämtliche Details eines behaglichen Lebens, das Cándida niemals genießen würde. Meine Worte versetzten sie in gute Laune, so daß sie schließlich sagte:

»Hast du gefrühstückt?«

»Nicht eigentlich«, sagte ich taktvoll.

»Komm zu mir, es wird schon noch etwas von gestern abend übrig sein.«

Wir bogen in eine dieser typischen Straßen von Barcelonas Altstadt, die so voller Aroma sind und denen nur gerade ein Dach fehlt, um sie zur Kloake zu machen, und blieben vor einem schwärzlichen, heruntergekommenen Haus stehen, aus dessen Eingang eine Eidechse wischte, die an einem Skarabäus knabberte, während sie im Rachen einer Ratte zappelte, die vor einer Katze davonlief. Wir stiegen die Treppen hoch und leuchteten uns mit Streichhölzern, die ein feuchter Luftzug aus den zersplitterten Scheiben des Oberlichts gleich wieder auslöschte. Als wir vor ihre Tür gelangten, öffnete meine vor

Asthma keuchende Schwester mit einem kleinen Schlüsselchen und murmelte:

»Merkwürdig! Ich könnte schwören, daß ich beim Gehen zweimal umgedreht habe. Ich werde wohl allmählich alt.«

»Red keinen Unsinn, Cándida, du bist eine Levkojenknospe«, sagte ich mechanisch, denn das Detail des Schlosses beunruhigte auch mich, und mit gutem Grund, denn kaum hatte Cándida auf den Schalter gedrückt und Licht das einzige kleine Zimmer erfüllt, aus dem die Wohnung bestand – der Abort war auf dem Treppenabsatz und diente auch zum Ausruhen –, sahen wir uns von Angesicht zu Angesicht dem Schweden gegenüber, ebenjenem Schweden, den ich in meinem Bett zur letzten Ruhe gebettet hatte und der nun hier war und uns mit seinen weit aufgerissenen blauen Augen aus dem Sessel ansah, auf dem er mitten im Zimmer und steif wie der Vetter vom Lande dasaß. Die arme Cándida unterdrückte einen Schrei.

»Keine Angst, Cándida«, ich schloß hinter uns die Tür, »er wird dir nichts tun.«

»Was macht dieser Kerl hier?« murmelte meine Schwester leise, als fürchtete sie, der Schwede könnte uns hören. »Warum ist er so ernst und so still?«

»Die zweite Frage kann ich dir ohne Zögern beantworten. Was die erste betrifft, habe ich nicht die leiseste Ahnung, außer daß ich dir versichern kann, daß er nicht auf seinen eigenen Füßen hergekommen ist. Wußte er, wo du wohnst?«

»Nein, woher sollte er das wissen?«

»Du hättest es ihm ja sagen können.«

»Einem Kunden niemals. Vielleicht ist er…?« Sie deutete ängstlich auf den Schweden.

»Unpäßlich, in der Tat. Laß uns gehen, bevor es zu spät ist.«

Es war schon zu spät. Kaum hatte ich diese unheilvollen Worte ausgesprochen, wurde heftig an die Tür gehämmert, und eine Männerstimme brüllte:

»Polizei! Machen Sie auf, oder wir schlagen die Tür ein!«

Dieser Satz beweist wieder einmal, wie schlecht unsere Ordnungshüter die Konjunktionen anwenden, denn noch während sie das sagten, begannen die Polizisten, ein Inspektor in Zivil und zwei Wachtmeister in Uniform, zu dritt die schwache Tür einzuschlagen, stürmten wie ein Wirbelwind herein, schwangen Knüppel und Pistolen und schrien sozusagen unisono:

»Keine Bewegung! Sie sind verhaftet!«

Eindeutige Worte, angesichts deren wir uns zu gehorchen entschlossen und die Arme hoben, bis sich die Finger in den wie ein Baldachin von den Balken hängenden Spinnweben verfingen. Als sie unsere unterwürfige Haltung sahen, machten sich die beiden Wachtmeister daran, die bescheidene Behausung meiner armen Schwester zu durchsuchen, indem sie mit ihren Knüppeln das Geschirr kurz und klein schlugen, das Mobiliar aus den Fugen traten und auf die Laken ihres erbärmlichen Bettsacks urinierten, während uns der Inspektor mit einem Grinsen, das Goldzähne, Brücken, Kronen, Plomben und eine ansehnliche Dosis Zahnstein offenbarte, uns auszuweisen befahl, und zwar mit der Formel:

»Ausweise, Schweinehunde!«

Gehorsam hielt ihm meine Schwester ihren Personalausweis hin, in welchem sie zu ihrem Pech mit einer Gillette das Geburtsdatum weggeschabt hatte und auf den der Inspektor einen sardonischen Blick warf, der besagte:

»Damit kommst du nicht durch.«

Inzwischen hatten die beiden Wachtmeister die Leiche entdeckt, ihre Beschaffenheit als solche verifiziert und sie gewissenhaft durchsucht, wonach sie in Freudenrufe folgenden Wortlauts ausbrachen:

»Hurra, Inspektor, wir hamse auf frischer Tat ertappt!«

Der Inspektor gab keine Antwort, denn er beharrte noch immer darauf, daß ich mich ausweise, was unmöglich war, da ich keine Papiere bei mir hatte, dafür einen Plastikbeutel voller Betäubungsmittel. Ich beschloß, aufs Ganze zu gehen und eine ebenso alte wie wirksame List anzuwenden.

»Mein Freund«, sagte ich ganz ruhig, aber so laut und deutlich, daß alle es hören konnten, »Sie lassen sich da auf eine gefährliche Sache ein.«

»Wieso das?« fragte der Inspektor mißtrauisch.

»Treten Sie näher, junger Mann.« Langsam senkte ich die Arme, teils um wenigstens eine Spur von Würde wiederzugewinnen, teils um die Ausdünstung meiner Achselhöhlen zu verbergen, die sich bei erhobenen Armen ausbreitete und meiner verdienten Wertschätzung hätte im Weg stehen

können. »Ist Ihnen bewußt, mit wem Sie sprechen?«

»Mit einem Scheißdepp.«

»Ein geistreiches, aber trügerisches Urteil. Sie
sprechen, Inspektor, mit Don Ceferino Sugrañes,
Stadtrat und Eigentümer von Banken, Immobilien-,
Versicherungs- und Finanzgesellschaften, Baufir-
men, Notariaten, Registraturen und Gerichten, um
nur einen Teil meiner marginalen Tätigkeiten zu erwähnen. Wie Sie mit dem Ihrem Berufsstand eigenen Scharfsinn begreifen werden, trage ich als der,
der ich bin, keine Ausweispapiere bei mir, die meine
Identität bestätigen könnten, nicht nur dessenthal-
ben, was unsere anspruchsvolle Wählerschaft denken könnte, wenn sie mich in einem solchen Aufzug
sähe, sondern auch, um mich den Detektiven zu
entziehen, welche mir meine Frau Gemahlin, die
vor der Rota eine Nichtigkeitsbeschwerde eingelegt
hat, auf die Fersen hetzte, die aber, meine Identität
natürlich, mein Fahrer bezeugen kann, auch Leib-
wächter und, aus steuerlichen Gründen, Geschäfts-
führer mehrerer Firmen, in deren Schwindeleien ich
meinen Namen nicht hereingezogen sehen will,
welcher mich an der Ecke mit der unwiderruflichen
Anweisung erwartet, den Präsidenten Suárez zu be-
nachrichtigen, falls ich in zehn Minuten nicht allein
und heil aus dieser Höhle komme, wohin mich in
betrügerischer Absicht dieser Drache, den Sie hier
sehen und der an der Patsche schuld ist, in die ich
grund- und schuldlos geraten bin, geschleppt hat,
sicherlich mit keinem andern Ziel als Diebstahl, Erpressung, Unzucht und was derlei rechtlich straf-

bare Taten mehr sind, die sie, wie ich bereits sehe, zu leugnen versuchen wird, was die Wahrhaftigkeit meiner Aussage nur noch verstärken wird, denn, Hand aufs Herz, wem würden Sie an einem solchen Scheideweg eher recht geben, Inspektor: einem ehrenwerten Bürger, einem Wirtschaftskapitän, Inbegriff der habsüchtigen Bourgeoisie, Ruhm Kataloniens, Aushängeschild Spaniens und Schmiede des Imperiums – oder dieser grotesken, elefantiastischen Schachtel hier, die obendrein an einem beißenden Halitus leidet, einer Berufshetäre, wie Sie feststellen können, wenn Sie ihre Taschen durchsuchen, die voller nicht eben unbefleckter Kondome ist, welcher ich für eine Gegenleistung, auf die ich hier nicht in allen Einzelheiten eingehen will, die himmelschreiende Summe von tausend Peseten versprochen habe, dieselben tausend Peseten, die ich jetzt Ihnen, Inspektor, als dokumentarischen Beweis für alles, was ich vorbringe, aushändige?«

Und ich zog den bei der Leiche des Schweden gefundenen Tausend-Peseten-Schein aus der Tasche und legte ihn dem Inspektor in die Hand, der ihn mit einiger Zerknirschung und nicht ohne Anflug eines Zweifels anschaute, was er nun damit anfangen sollte, und diesen Moment nutzte ich, um ihm meinen Kopf an die Nase zu schlagen, aus der sogleich ein Blutstrom quoll, während seine Lippen sich zu einer schmerzlichen Grimasse verzogen und eine erstickte Beschimpfung ausstießen, was ich alles erst registrierte, als ich schon über die Trümmer der eingeschlagenen Tür sprang und mich, verfolgt von den Wachtmeistern, treppabwärts stürzte und schrie:

»Mach dir nichts draus, was ich über dich gesagt habe, Cándida! Es war nur ein Trick!« Ich hatte keine große Hoffnung, daß sie mich inmitten dieses Durcheinanders hören könnte oder daß ihr meine Worte, falls sie sie hörte, zum Trost gereichten.

Unten sah ich, daß auf der Straße scharenweise Arbeiter mit ihren Imbißbüchsen an ihre beschwerliche Arbeit gingen, und da mir die beiden Wachtmeister dicht auf den Fersen waren und mich, weil sie schneller, besser geschult und begeisterter waren, in Kürze eingeholt haben würden, schrie ich aus voller Kehle:

»Bravo, CNT! Hoch die Arbeiterausschüsse!«

Zur Antwort hoben die Arbeiter die Faust und brachen in Slogans analogen Inhalts aus. Das löste bei den Wachtmeistern, die sich den kürzlich auf unserem Boden erfolgten Veränderungen noch nicht angepaßt hatten, die beabsichtigte Reaktion aus, und ich konnte mich im Schutz des nachfolgenden Kampfgetümmels in Sicherheit bringen.

Nachdem ich meine Verfolger abgeschüttelt und Atem geschöpft hatte, analysierte ich die Situation und zog den Schluß, daß sie äußerst unglücklich war. Nur eine einzige Person konnte mich aus der Klemme und meine Schwester aus dem Gefängnis holen, wo sie unweigerlich landen würde. Daher rief ich von einem öffentlichen Fernsprecher aus, dessen Mechanismus ich mangels Bargeld notgedrungen mit einem Draht gefügig machen mußte, Kommissar Flores an und erreichte ihn trotz der frühen Stunde in seinem Büro. Anfänglich schien er überrascht, meine Stimme zu hören, aber als ich ihm alles bis dahin Vorgefallene berichtet hatte — ohne meine Flucht auszusparen, nur ihre Umstände geringfügig verändernd —, verlor seine Stimme ihre Überraschung und wurde jähzornig.

»Willst du mir etwa sagen, elender Kerl, daß du noch nichts über das verschwundene Mädchen herausgekriegt hast?« rief er und warf durch die Leitung die Haken seiner Fragen nach mir.

Ich hatte die Geschichte mit dem verschwundenen Mädchen fast ganz vergessen, deutete ein paar linkisch formulierte Entschuldigungen an und versprach, sogleich und eifrig die Arbeit an dem Fall aufzunehmen.

»Schau, mein Sohn«, antwortete der Kommissar sehr sanft und zu meiner großen Verwirrung, da er mich nie mit dem Wort »Sohn« ansprach, außer wenn ihm die Vokabeln »verdammter Huren-« vorangingen, »das beste wird sein, wir lassen diese Sache fallen. Vielleicht habe ich dir etwas überstürzt eine so dornenvolle Aufgabe anvertraut. Wir dürfen nicht vergessen, daß du noch... rekonvaleszent bist und eine solche Anstrengung dein... Leiden verschlimmern kann. Warum kommst du nicht aufs Präsidium und wir besprechen die Frage in aller Ruhe bei ein paar schön kalten Pepsi-Colas?«

Ich muß gestehen, daß gute Manieren, die ich so wenig gewohnt bin, auf mich eine hypnotische Wirkung ausüben und daß Kommissar Flores' Worte und das Taktgefühl, mit dem er sie gesprochen hatte, mir fast die Tränen in die Augen trieben, aber deswegen entging meiner Urteilsfähigkeit ihre verborgene Absicht nicht, denn ich merkte sogleich, daß er mich bloß aufs Präsidium locken wollte, um mich – warum uns etwas vormachen? – kaum vierundzwanzig Stunden nach meiner Freilassung wieder ins Irrenhaus einzugliedern, weshalb ich mit der höflichen Bestimmtheit, mit der man die Zeugen Jehovas an die Luft zu setzen pflegt, antwortete, ich hätte nicht die geringste Absicht, den Fall aufzugeben, nicht etwa, weil es mich auch nur entfernt interessiere, was einem dummen Mädchen hätte zustoßen können, sondern weil vom Erfolg des Unterfangens meine Freiheit abhänge.

»Ich hab' dich nicht nach deiner Meinung gefragt, blöder Kerl!« brüllte Kommissar Flores, der plötzlich wieder seine normale Laune gefunden zu haben schien. »Du kommst jetzt auf der Stelle im guten hierher, oder ich lasse dich in Handschellen vorführen und behandle dich wie einen Strolch, denn das und nichts anderes bist du, durch genetische Vererbung und aus Berufung. Hast du mich verstanden, du Dummkopf?«

»Ich habe Sie verstanden, Herr Kommissar, aber ich werde mir, bei allem Respekt, erlauben, nicht auf Ihre Ratschläge zu hören, denn ich bin entschlossen, vor der Gesellschaft die Eignung meiner Fähigkeiten und die Zuverlässigkeit meines Verstandes unter Beweis zu stellen, und sollte ich bei diesem Bemühen das Leben lassen. Und mit allem Respekt, ich warne Sie, versuchen Sie nicht, meinen Anruf zu lokalisieren, wie Sie es ohne Zweifel schon im Kino gesehen haben, erstens weil so etwas unmöglich ist, zweitens weil ich von einem öffentlichen Fernsprecher aus anrufe und drittens weil ich jetzt sofort einhänge – man weiß nie.«

Und das tat ich. Ich mußte nicht lange nachdenken, um mir darüber Klarheit zu verschaffen, daß sich die Lage nicht nur nicht gebessert, sondern verschlechtert hatte und, so wie sich die Dinge entwickelten, allem Anschein nach weiter verschlechtern würde, wenn ich nicht rasch etwas dagegen unternahm. Ich beschloß also, meine Energien auf die Suche nach dem verlorenen Mädchen zu konzentrieren und die Geschichte mit dem Schweden auf eine günstigere Gelegenheit zu verschieben, ohne deswegen auf die Vorsichtsmaßnahmen zu verzichten, die mein Status als Doppelflüchtling nahelegte.

6. Kapitel

Der verräterische Gärtner

Als erstes ging ich in eine enge Gasse nahe der Calle Tallers, wo ein Krankenhaus seine Abfälle aufhäufte, in denen ich etwas zur Tarnung meiner Identität zu finden hoffte, beispielsweise ein Restchen Mensch, um es mir ins Gesicht zu applizieren und dieses dadurch leicht zu verändern. Ich hatte aber kein Glück und mußte mich mit ein paar nicht allzu schmutzigen Bäuschen Verbandswatte zufriedengeben, die ich mit Hilfe einer dünnen Schnur zu einem langen, patriarchalischen Bart formte, welcher nicht nur meine Identifizierung erschwerte, sondern mir auch ein achtbares, ja ehrfurchtgebietendes Aussehen verlieh. In dieser Maskierung schmuggelte ich mich wieder in die Metro, um mich zum zweitenmal in die Nähe der Schule der Lazaristenschwestern von San Gervasio fahren zu lassen.

Auf dem Weg blätterte ich in einer am Bahnhofskiosk entwendeten Zeitschrift, die sich, aus ihrem blutroten Titelblatt zu schließen, mit Gewalttaten und Verbrechen befaßte. Ich suchte die Meldung vom Tod des Schweden und die Einzelheiten, die der Reporter dazu womöglich zusammengetragen hatte, aber es stand nichts drin. Dagegen gab es Fotos von hüllenlosen Miezen. »Ilsa liebt die Sonne«, war ein Hintergrundartikel mit mehr Illustration als Text betitelt. Zu den Elfenbeinschenkeln, Alabasterbrüsten und Feuersteinhinterbacken paßte die erstaunlich einsame Costa Brava gut. Ich vermutete, das Foto sei im Winter geschossen worden oder der betreffende Strand aus Pappmaché. Nach Ilsas These waren die Spanier samt und sonders geile Brüder. Ich legte die Zeitschrift auf den Sitz. In den verschmutzten Scheiben sah ich das Spiegelbild eines weder jungen noch hübschen und nicht eigentlich geilen Burschen. Ich seufzte in einem Anflug von Traurigkeit. Ach, Ilsa, mein Kind, dachte ich, wo hast du bloß gesteckt, als ich dich brauchte?

Als die Metro an ihrem Ziel war, stieg ich aus, tauchte an die Oberfläche und fand das Internat diesmal auf Anhieb.

Aus den am Vorabend gemachten Beobachtungen hatte ich den Schluß gezogen, daß ein so tadellos gepflegter Garten wie der rund um die Schule zwangsläufig einen Gärtner benötigte, und vermutete, ein solches Individuum, zwar nicht zur Ordensgemeinschaft gehörig, aber gleichzeitig in sie eingetaucht, könnte das erste mögliche Glied in der langen Kette von Ermittlungen sein, die ich anstellen wollte. Ich nahm weiter an, ein Mensch, dessen Leben sich in einem so zurückgezogenen Milieu abspiele, sei einer frivolen Gabe nicht abgeneigt, so daß ich die gottgewollte Unachtsamkeit einer Lebensmittelverkäuferin nutzte und mir eine Flasche Wein aneignete, die ich in den Hemdfalten versteckte. Als ich jedoch der unüberwindlichen Mauern der nüchternen Lehranstalt ansichtig wurde, wog ich die Wirkung des Weins auf das menschliche Verhalten ab und befand sie als zwar nachhaltig, aber zu langsam für mein Vorhaben. Ich öffnete die Flasche ohne Korkenzieher, denn der Deckel war aus Plastik, zog das mir vom Schweden vermachte Rauschgiftbeutelchen aus der Tasche und löste Koks, Amphetaminkapseln und LSD-Papierchen im Wein auf. Dann schüttelte ich die Mischung, verbarg die Flasche wieder unter meinen Kleidern und machte mich stracks und zielstrebig auf die Suche nach meinem Mann, den ich unweit des nun weit offenen Gittertors in seine Arbeit vertieft fand. Es war ein junger, etwas schwerfällig wirkender Bursche, der ein hübsches Blumenbeet beschnitt, dazu ein Lied intonierte und mein Erscheinen mit einem Brummen begrüßte, wie es für Leute, die nicht gestört werden wollen, charakteristisch ist.

»Gott zum Gruß«, sagte ich, ohne mich durch den abweisenden Empfang entmutigen zu lassen. »Habe ich vielleicht das Vergnügen mit dem Gärtner dieses prachtvollen Anwesens?«

Er machte eine bejahende Bewegung und schwang, vielleicht ohne jede böse Absicht, die riesige Baumschere, die er in seinen kräftigen Händen hielt. Ich lächelte.

»In diesem Fall bin ich vom Glück begünstigt, denn ich bin von weit her gekommen, um Sie kennenzulernen. Erlauben Sie mir zunächst, mich vorzustellen: Ich bin Don Arborio Sugrañes, Professor des Grünen an der Universität Frankreich. Und erlauben Sie mir, sogleich hinzuzufügen, daß dieser Garten, auch wenn Sie es vielleicht nicht wissen, weltberühmt ist. Und so wollte ich, der ich ihm so viele Jahre der Forschung gewidmet habe, nicht in

Pension gehen, ohne den Mann kennengelernt zu haben, dessen Sorgfalt, Ausdauer und Hingabe dieses Wunder ermöglicht haben. Würden Sie als Zeichen meiner Bewunderung und im Sinne einer Ehrerbietung einen Schluck des Weins akzeptieren, den ich für diesen feierlichen Anlaß eigens aus meinem Land mitgebracht habe, Meister?«

Und ich zog die Weinflasche hervor, die, weil offen, zur Hälfte ausgeleert war und mir Hemd und Bartspitzen durchtränkt hatte, und bot sie dem Gärtner an, der sie am Hals ergriff und mich mit andern Augen ansah.

»Wären Sie doch gleich damit gekommen!« sagte er. »Was zum Teufel wollen Sie?«

»Zuerst, daß Sie Ihren Durst auf mein Wohl stillen.«

»Hat der nicht einen etwas merkwürdigen Geschmack?«

»Er stammt aus einer besonderen Kelterung. Es gibt auf der ganzen Welt nur zwei Flaschen davon.«

»Hier steht: ›Pentavín, Tischwein‹.« Der Gärtner zeigte auf das Etikett.

Ich zwinkerte ihm kumpelhaft zu:

»Der Zoll, Sie verstehen…« Ich wollte Zeit gewinnen, bis das Gebräu seine Wirkung erzielte, die sich in Pupillen und Stimme des Gärtners schon bemerkbar machte. »Ist Ihnen etwas, lieber Freund?«

»Mir dreht sich der Kopf.«

»Das müssen die Hundstage sein. Wie werden Sie denn von den Nönnchen behandelt?«

»Ich könnte mich beklagen, beklage mich aber nicht. Bei dieser Arbeitslosigkeit…«

»Schwierige Zeiten, in der Tat. Sie werden wohl über alles auf dem laufenden sein, was in der Schule geschieht, nehme ich an?«

»Ich weiß schon einiges, aber ich bin verschwiegen. Wenn Sie von so einer verfluchten Gewerkschaft kommen, werde ich Ihnen nichts sagen. Stört es Sie, wenn ich das Hemd ausziehe?«

»Tun Sie, als ob Sie zu Hause wären. Stimmen die Gerüchte, die man hier so hören kann?«

»Helfen Sie mir, die Schuhe aufzuschnüren. Was sagen denn die Gerüchte?«

»Daß Mädchen aus den Schlafsälen verschwinden. Ich weigere mich natürlich, das zu glauben. Soll ich Ihnen auch die Strümpfe ausziehen?«

»Ja, bitte sehr. Alles beengt mich. Was sagten Sie?«

»Daß nachts Mädchen verschwinden.«

»Ja, das stimmt. Aber ich habe mit der Sache nichts zu tun.«

»So etwas unterstelle ich Ihnen auch nicht. Und warum verschwinden Ihrer Meinung nach diese Engelchen?«

»Was weiß ich denn! Diese Miststücke werden wohl schwanger sein.«

»Herrschen im Internat denn ausschweifende Sitten?«

»Nicht daß ich wüßte. Aber wenn's nach mir ginge, verdammt noch mal, dann schon, und ob.«

»Erlauben Sie, daß ich Ihnen die Baumschere abnehme, bevor Sie sich oder mich aus Unachtsamkeit verletzen. Und erzählen Sie mir diese Geschichte von dem Verschwinden weiter.«

»Ich weiß nichts. Warum stehen so viele Sonnen am Himmel?«

»Das muß ein Wunder sein. Berichten Sie mir von dem andern Mädchen, das vor sechs Jahren verschwand.«

»Auch das wissen Sie?«

»Und noch viel mehr. Was geschah vor sechs Jahren?«

»Ich weiß nicht. Ich war nicht hier.«

»Wer war denn hier?«

»Mein Vorgänger. Ein verrückter alter Kerl. Man mußte ihn entlassen.«

»Wann?«

»Vor sechs Jahren – genau so lange arbeite ich hier.«

»Warum entließ man Ihren Vorgänger?«

»Wegen unschicklichen Benehmens. Ich habe den Verdacht, es war einer dieser Schweinehunde, die vor kleinen Mädchen die Hose runterlassen. Da, ich schenke Ihnen meine Hose.«

»Danke – ein fürstlicher Schnitt. Wie hieß Ihr Vorgänger?«

»Cagomelo Purga. Warum fragen Sie?«

»Beschränken Sie sich darauf zu antworten, mein Herr. Wo finde ich Ihren Vorgänger? Was macht er jetzt?«

»Nichts, denke ich. Sie werden ihn bei sich zu Hause finden. Ich weiß, daß er in der Calle de la Cadena wohnte, aber an die Nummer erinnere ich mich nicht mehr.«

»Wo waren Sie in der Nacht, als das Mädchen verschwand?«

»Vor sechs Jahren?«

»Nein, Mensch, vor ein paar Tagen.«

»Weiß nicht mehr. Vielleicht beim Fernsehen in der Bar oder bei einer Hure... Etwas werde ich schon getan haben.«

»Wie können Sie sich nicht mehr erinnern? Hat Kommissar Flores Ihrem Gedächtnis denn nicht nachgeholfen, so und so?« Ich gab ihm zwei schallende Ohrfeigen, die ein unbändiges Lachen in ihm auslösten.

»Die Polente?« fragte er halbtot vor Lachen. »Welche Polente? Ich bin mit der Polente nicht mehr in Kontakt gekommen, seit ich diesen verdammten Algerier erwürgt habe, aber das ist schon lange her. Sarazenischer Hund!« Er spuckte in den Oleander.

»Wie lange her?«

»Sechs Jahre. Ich hatte es bereits vergessen. Seltsam, wie der Wein das Gedächtnis auffrischt und die Sinne schärft. Ich spüre, wie mein ganzes Wesen im Einklang mit diesen alten Bäumen schlägt. Jetzt kenne ich mich besser – ach, welch empfehlenswerte Erfahrung! Würden Sie mir nicht noch einen Schluck geben, guter Mann?«

Ich ließ ihn die Flasche austrinken, denn die Enthüllung, die er mir eben gemacht hatte, verwirrte mich. Wie war es möglich, daß der sonst so gewissenhafte Kommissar Flores den Gärtner nicht vernommen hatte, um so mehr, als dieser anscheinend ja vorbestraft war? Und als ich die Augen hob, um bequemer nachsinnen zu können, erblickte ich auf einem Balkon die drakonische Gestalt der Superiorin, die ich am Vortag, wie man sich erinnern wird, im Irrenhaus kennengelernt hatte und die mich jetzt nicht nur beobachtete, sondern auch aufgeregt mit den Händen fuchtelte und den Mund zu Proklamationen aufriß, die ich der Entfernung wegen nicht hören konnte. Sogleich gesellten sich auf dem Balkon zwei Gestalten in Grau zu ihr, die ich anfänglich für Novizinnen hielt und dann, als ich die Lederriemen und Maschinengewehre sah, für das, was sie waren: Polizisten. Die Nonne sprach nun mit ihnen, wandte sich dann um und zeigte anklagend mit dem Finger auf mich. Die Polizisten drehten sich auf dem Absatz um und verschwanden vom Balkon.

Ich machte mir nicht allzu viele Gedanken. Der Gärtner hatte sich die Unterhose als Kappe aufgesetzt und trällerte Mantras vor sich hin. Ohne daß er Widerstand leistete, drehte ich ihn so, daß er zum Gittertor schaute, und wartete, bis die Polizisten in der Haustür erschienen. Als sie auf den Gartenweg traten, sagte ich zum Gärtner:

»Lauf, ein Biest ist dir auf den Fersen!«

Entsetzt suchte der Gärtner das Weite, während ich mich über das Blumenbeet beugte und mit der Baumschere, die ich ihm kurz zuvor abgenommen hatte, ziellos an den Stengeln herumschnippelte. Wie vorgesehen, nahmen die Polizisten die Verfolgung des Gärtners auf, ohne sich um das verzweifelte Winken der Superiorin zu kümmern, die vom Balkon aus vergeblich das Mißverständnis zu beseitigen suchte. Ich wartete, bis sich der Flüchtige und die Polizisten straßaufwärts verloren hatten, hängte meinen falschen Bart an einen Rosenstrauch und ging ruhig die Straße hinunter, nicht ohne vorher der verzweifelten Nonne ein Zeichen gegeben zu haben, das besagte:

»Entschuldigen Sie die Belästigung und vertrauen Sie mir weiter — mein Interesse an dem Fall ist noch nicht erlahmt.«

Während ich mich Richtung Metro entfernte, hörte ich in der Ferne ein Maschinengewehr rattern. Und da dieses Kapitel etwas kurz ausgefallen ist, nutze ich den verbleibenden Raum, um einen Punkt zu berühren, der den bis dahin gelangten Leser beschäftigen wird, nämlich wie ich heiße. Denn dieses Thema ruft nach einer Erklärung.

Zur Zeit meiner Geburt war meine Mutter, die sich aus Angst vor meinem Vater sonst keine Unbesonnenheit zuschulden kommen ließ, wie alle Mütter jener Epoche so leichtfertig, sich sterblich — und notabene vergebens — in Clark Gable zu verlieben. Am Tag meiner Taufe versteifte sie sich, ungebildet, wie sie war, mitten in der Zeremonie darauf, ich müsse Vomwindeverweht heißen, ein Vorschlag, der den das Ritual zelebrierenden Pfarrer nicht grundlos empörte. Die Diskussion artete in eine Keilerei aus, und meine Taufpatin, die beide Arme benötigte, um ihren Mann zu schlagen, den sie auch sonst jeden Tag hart anfaßte, ließ mich im Taufbecken treiben, in dessen Wasser ich ohne Zweifel ertrunken wäre, wenn nicht... Aber das ist eine andere Geschichte, die uns vom einmal eingeschlagenen Lauf der Erzählung abbringen würde. Nun, das Problem ist nicht weiter von Bedeutung, ist doch mein wirklicher und vollständiger Name nur in den unfehlbaren Archiven des zentralen Polizeiregisters aufgeführt, während man mich im Alltag gemeinhin eher als »Penner«, »Ratte«, »Scheißkerl«, »Auswurf deines Vaters« und mit andern Epitheta apostrophiert, deren Vielfalt und Fülle demonstriert, wie grenzenlos reich die menschliche Erfindungsgabe und wie unerschöpflich der Schatz unserer Sprache ist.

7. Kapitel

Der enthaltsame Gärtner

Die Calle de la Cadena ist kurz, und so fand ich
ohne Mühe das Haus des ehemaligen Schulgärtners, den offenbar die ganze Nachbarschaft kannte
und schätzte. Bei meinen Nachforschungen fand
ich auch heraus, daß der betreffende Mann, schon
vor Zeiten Witwer geworden, allein und überdies
mit sehr beschränkten Mitteln lebte. Während der
Stierkampfsaison verdiente er sich seinen Unterhalt
auf der Plaza Monumental, wo er Kuhfladen sam-
melte, die er dann den Landwirten des Prat verkaufte; in den Wintermonaten fristete er sein Leben
praktisch von der Fürsorge. Don Cagomelo Purga
empfing mich äußerst liebenswürdig. Seine Wohnung bestand aus einem unordentlichen Zimmer-
chen, in das ein wackliges Bett, ein unter einem Berg
vergilbter Zeitschriften begrabener Nachttisch, ein
Tisch, zwei Stühle, ein türloser Schrank und ein
kleiner elektrischer Herd mit einem dampfenden
Topf darauf gepfercht waren. Da ich urinieren
mußte, fragte ich nach dem WC, und er deutete auf
das winzige Fensterchen.

»Wenn Sie spüren, daß es kommt«, sagte er, »so
nehmen Sie bitte auf die Passanten Rücksicht und
rufen Sie: ›Vorsicht, Wasser!‹ Und achten Sie darauf, daß die letzten Tropfen nach draußen fallen,
denn die Harnsäure zerfrißt die Fliesen, und ich bin
nicht mehr in dem Alter, um ständig herumzu-

schrubben. Wenn Ihnen das Fenster zu hoch ist, nehmen Sie einen Stuhl. Früher pißte ich aufrecht, aber mit den Jahren bin ich etwas eingeschrumpft. Vor langer Zeit hatten wir einen sehr lustigen Nachttopf aus Steingut mit einem Auge und der Aufschrift ›Ich sehe dich‹. Meine betrauerte Frau selig mußte immer sehr lachen, wenn sie ihn benutzte. Als Gott sie zu sich rief, bestand ich darauf, daß sie mit dem Topf beerdigt wurde. Er war das einzige Geschenk, das ich ihr in dreißig Ehejahren machen konnte, und es wäre mir wie ein Treuebruch vorgekommen, ihn ohne sie weiterzubenutzen. Für größere Geschäfte ist das Fenster schon etwas unbequem, aber mit der Übung wird alles leichter, finden Sie nicht auch?«

Da ich nun einmal die Eitelkeit so hasse, gefiel mir die Schlichtheit des ehemaligen Gärtners und Gatten, der, während ich meine Blase leerte, seine Beschäftigung wiederaufnahm, die er bei meinem Kommen unterbrochen hatte. Als ich zu ihm an den Tisch trat, sah ich, daß er mit einer kleinen Tube Alleskleber die Bruchstücke seines künstlichen Gebisses zusammensetzte.

»Es ist mir gestern in der Kirche am Betstuhl zu Bruch gegangen«, erklärte er. »Eine Strafe des Himmels, denn ich war während des Allerheiligsten eingeschlafen. Sind Sie gläubig?«

»Ich habe keine andern Qualitäten als meine lautere Frömmigkeit.«

»Und es gibt kein besseres Empfehlungsschreiben in dieser und der andern Welt. Womit kann ich Ihnen dienen?«

»Ich werde offen mit Ihnen sprechen. Soviel ich weiß, waren Sie Gärtner an der Schule der Lazaristenschwestern in San Gervasio.«

»Die glücklichste Zeit meines Lebens, jawohl, mein Herr. Als ich dort anfing, war der heutige Garten ein Urwald. Ich machte aus ihm mit Gottes Hilfe einen Ziergarten.«

»Der schönste, den ich in meinem ganzen Leben gesehen habe. Warum war denn der Garten so verwahrlost?«

»Der Besitz war jahrelang sich selbst überlassen. Darf ich Ihnen etwas zu trinken anbieten, Herr…?«

»Sugrañes. Fervoroso Sugrañes, Gott und Ihnen zu dienen. Sie haben nicht vielleicht eine Pepsi-Cola?«

»Leider nein. Meine Mittel erlauben mir keinen solchen Luxus. Ich kann Ihnen Wasser aus dem Hahn anbieten oder, wenn's Ihnen recht ist, ein wenig von dem Mangoldsüppchen, das ich mir gerade machte.«

»Vielen Dank, aber ich habe eben gegessen«, log ich, um ihm nicht seinen kargen Imbiß wegzunehmen. »Was war die Schule, bevor sie eine Schule war?«

»Ich hab's Ihnen schon gesagt: nichts. Ein verlassener alter Kasten.«

»Und noch vorher?«

»Das weiß ich nicht. Ich war nie neugierig darauf, es zu erfahren. Sind Sie ein Liegenschaftenmakler?«

An seiner Frage merkte ich, daß dieses Randprodukt unseres beherzten Nationalsports halb blind war.

»Erzählen Sie mir von Ihrer Arbeit an der Schule. Sagten Sie, daß man Sie gut bezahlte?«

»Nein, wo denken Sie hin. Ich sagte, es waren meine glücklichsten Jahre, aber damit meinte ich nicht den pekuniären Aspekt. Die Nonnen bezahlten mich unter dem Minimallohn und nahmen mich nie in die Sozialversicherung oder in die genossenschaftliche Gärtnerkasse auf. Ich war glücklich, weil mir die Arbeit gefiel und weil ich in der Kapelle sein durfte, wenn die Mädchen nicht dabei waren.«

»Hatten Sie keinen Kontakt mit den Mädchen?«

»Doch, und ob. In den Pausen mußte ich immer aufpassen, daß sie mir die Blumen nicht kaputtmachten. Es waren kleine Teufelchen – sie stahlen Säuren im Laboratorium und gossen sie in die Beete. Sie versteckten auch Scherben in den Kräutern, damit ich mir die Finger zerschneide. Kleine Teufelchen, wie gesagt.«

»Sie mögen Kinder, nicht wahr?«

»Sehr. Sie sind ein Segen des Herrn.«

»Aber selbst haben Sie keine?«

»Meine Frau und ich haben nie von der Ehe Gebrauch gemacht, ganz nach alter Sitte. Heutzutage wird ja nur geheiratet, um Sauereien zu machen. Nein, das sollte ich nicht sagen: Richtet nicht, auf daß ihr nicht gerichtet werdet. Und Gott weiß wohl, wie schwer es uns manchmal gefallen ist, der Versuchung zu widerstehen. Stellen Sie sich vor: dreißig Jahre in diesem schmalen Bett zu schlafen!

Aber der Allmächtige gab uns Kraft. Wenn uns die Leidenschaft zu übermannen drohte, prügelte ich meine Frau mit dem Gürtel, und sie gab mir eins mit dem Bügeleisen über den Kopf.«

»Warum haben Sie die Arbeit aufgegeben? In der Schule, meine ich.«

»Die Nonnen beschlossen, mich in den Ruhestand zu versetzen. Ich fühle mich noch rüstig und voll bei Kräften und fühle mich Gott sei Dank noch immer so, aber sie zogen mich nicht zu Rate. Eines Tages rief mich die Oberin zu sich und sagte: ›Cagomelo, du bist soeben pensioniert worden, es möge zu deinem Guten sein.‹ Dann gaben sie mir eine Stunde Zeit, um meine Sachen zusammenzupacken und zu gehen.«

»Man hat Ihnen gewiß eine schöne Abfindung bezahlt?«

»Nicht einen Duro. Sie schenkten mir ein Bild des heiligen Gründervaters und ein Jahres-Gratisabonnement der Schulzeitschrift ›Rosen für Maria‹.«

Er deutete auf ein Bild über dem Bett, auf dem ein Herr in Rot zu sehen war, dessen Gesicht eine frappante Ähnlichkeit mit Luis Mariano aufwies. Um den Kopf des Heiligen leuchtete ein Strahlenkreuz. Auf dem Nachttisch stapelten sich die Zeitschriften, die ich schon beim Eintreten bemerkt hatte.

»Vor dem Schlafengehen blättere ich sie durch. Es stehen Stoßgebete und erbauliche Geschichten für den Marienmonat drin. Möchten Sie sie lesen?«

»Ein andermal mit größtem Vergnügen. Stimmt es, daß es kurz vor Ihrer Pensionierung an der

Schule einen merkwürdigen Zwischenfall gab? Es starb ein Mädchen oder so was Ähnliches.«

»Starb? Das verhüte Unsere Liebe Frau! Es verschwand für ein paar Tage, aber der Schutzengel brachte es wohlbehalten zurück.«

»Kannten Sie das Mädchen?«

»Isabelita? Natürlich. Es war ein Teufelchen.«

»Isabelita Sugrañes ein Teufelchen?«

»Isabelita Peraplana. Sugrañes sind doch Sie, wenn ich mich richtig erinnere?«

»Ich hatte eine Nichte dieses Namens: Isabelita wie ihre Mutter und Sugrañes wie ihr Vater und ich. Manchmal bringe ich die Dinge durcheinander. Erzählen Sie mir von ihr.«

»Von Isabelita Peraplana? Was soll ich Ihnen denn erzählen? Sie war die hübscheste in ihrem Jahrgang, die – wie soll ich sagen? – jungfräulichste. Und die Lieblingsschülerin der Schwestern, ein Vorbild, das allen zur Nachahmung empfohlen wurde. Sehr fleißig und sehr fromm.«

»Aber sie war auch ein Teufelchen.«

»Isabelita? Nein, sie nicht. Die andere stiftete sie an, und sie machte eben in aller Unschuld mit.«

»Welche andere?«

»Mercedes.«

»Mercedes Sugrañes?«

»Nein, nein. Mercedes Negrer hieß sie. Sie waren ein Herz und eine Seele – und so verschieden! Haben Sie einen Moment Zeit? Ich werde Ihnen die Fotos zeigen.«

»Sie haben Fotos von den Mädchen?«

»Natürlich – in den Zeitschriften.«

Er ging zum Nachttisch und kam mit Heften beladen zurück.

»Suchen Sie die Nummer vom April 71 heraus. Meine Sehkraft ist auch nicht mehr, was sie einmal war.«

Ich fand das angegebene Heft und ging die Seiten durch, bis ich auf eine Rubrik mit dem Titel »Blumen aus unserem Garten« stieß. Jedes Foto nahm eine halbe Seite ein und zeigte einen ganzen Jahrgang, aufgenommen auf der Eingangstreppe vor der Kapelle, so daß die Köpfe der Mädchen in einer Reihe diejenigen in der unteren überragten.

»Suchen Sie das Bild des fünften Jahrgangs. Haben Sie es gefunden? Gestatten Sie.«

Er hielt sich das Heft so dicht ans Gesicht, daß ich fürchtete, er drücke sich dabei ein Auge aus. Als er wieder aufschaute, klebte Speichel am Papier.

»Die hier ist Isabelita: die Blonde in der hintersten Reihe. Und die neben ihr ist Mercedes Negrer. Die links. Links auf dem Foto, nicht links von Ihnen aus. Sehen Sie sie?«

Aus irgendeinem mir damals nicht klaren Grund weckte das Foto der fünften Klasse ein vages Gefühl von Traurigkeit in mir. Ich erinnerte mich flüchtig an die Bilder von Ilsa, dem Mädchen mit dem geologischen Fleisch, das an unserer ausgezackten Küste promenierte, seine Reize entblößte und Redensarten über unsere arg in Anspruch genommene Rasse von sich gab.

»Ja, ein bezauberndes Mädchen. Ich sehe, Sie hatten einen guten Geschmack.«

Ich versuchte mir Isabelita Peraplanas Züge ein-

zuprägen, legte die Zeitschrift auf den Haufen zurück und sagte mit gespieltem Unwissen:

»Weshalb haben Sie mir das Foto von der fünften
Klasse gezeigt? Ich bin zwar nicht sehr gebildet,
aber ich glaube, in jener Zeit dauerte das Gymna-
sium nicht fünf, sondern sechs Jahre.«

»Sie glauben richtig; sechs plus Uni-Vorkurs, der
ebenfalls im Institut absolviert wurde. Isabelita
blieb nicht bis zum Abitur auf der Schule.«

»Wieso nicht? Sie war doch sehr fleißig!«

»Und wie, die fleißigste von allen. Ich weiß tatsächlich nicht, was geschehen ist. Wie ich Ihnen zuvor erzählte, ging ich im selben Jahr von der Schule
weg und habe nie wieder etwas von den Mädchen
gehört. Eine Zeitlang hoffte ich, die eine oder andere würde mich besuchen kommen, aber keine tat
es.«

»Woher wissen Sie denn, daß Isabelita die Schule
nicht zu Ende gemacht hat?«

»Weil sie in der Aprilnummer des folgenden Jah-
res, die ich dank des Geschenkabonnements der
Nonnen erhielt, nicht mehr auf dem Foto ist.«

»Gestatten Sie, daß ich es selbst überprüfe?«

»Bitte sehr.«

Ich suchte und fand die Nummer vom April 72
und darin das Foto der sechsten Klasse. Isabelita
war nicht mehr mit drauf, aber das wußte ich bereits, weil es mir die Superiorin im Irrenhaus gesagt
hatte. Was ich checken wollte, war etwas anderes,
und meine Vermutung bestätigte sich: Auch Mercedes Negrer war vom Bild verschwunden. Obwohl
ich noch immer alles sehr verschwommen sah, be-

gannen sich die Teile des Puzzles ineinanderzufügen. Ich brachte den Zeitschriftenstapel wieder in Ordnung und stand auf, um mich vom gastfreundlichen Gärtner zu verabschieden, dem ich herzlich für seine Liebenswürdigkeit dankte.

»Stets zu Diensten«, sagte er. »Etwas möchte ich Sie aber noch fragen, wenn es Ihnen nichts ausmacht.«

»Fragen Sie ruhig.«

»Weshalb sind Sie gekommen?«

»Mir ist bekannt, daß die Stelle des Schulgärtners frei geworden ist. Ich dachte, das könnte Sie interessieren, falls Sie sich dazu noch in der Lage fühlen. Wenn es so ist, gehen Sie in ein paar Tagen hin – und sagen Sie nicht, daß ich sie geschickt habe: Probleme mit der Gewerkschaft.«

»Unter Franco hatten wir's besser«, murmelte der alte Gärtner.

»Wem sagen Sie das«, bestätigte ich.

8. Kapitel

Voreheliches Eindringen

Das Haus der Peraplanas, das ich anhand des Telefonbuchs ausfindig machte – es gab nur zwei Peraplana, und der andere war Hühneraugenspezialist –, war die einzige Villa in der Calle de la reina Cristina Eugenia. Die übrigen Gebäude in dieser Straße waren rote Backsteinhäuser mit Luxuswohnungen, großen Fenstern und prachtvollen Pförtnerlogen, in denen es nicht an herausgeputzten Portiers in bunten Uniformröcken fehlte. Vor einer dieser traumhaften Pförtnerlogen stand eine Gruppe Dienstmädchen in Uniform beisammen, auf die ich mit dem wiegenden Geckengang zutänzelte, der beim schwachen Geschlecht nie seine Wirkung verfehlt.

»Hallo, ihr Hübschen«, sagte ich mit einem Verführerblick.

Meine Nonchalance wurde mit Gelächter und Pfiffen quittiert.

»Schaut mal, wer da kommt«, rief eins der Dienstmädchen, »Sandokan!«

Ich ließ sie ein wenig spotten und spielte dann tiefe Betrübnis. Dabei kniff ich mich verstohlen zwischen die Beine, so daß mir tatsächlich ein paar Tränen in die Augen traten. Die Mädchen, im Grunde herzensgute Menschen, erbarmten sich meiner und fragten, was denn geschehen sei.

»Etwas überaus Trauriges, ich will's euch erzählen. Ich heiße Toribio Sugrañes und war beim Militärdienst Kamerad von Señor Peraplana, der in dieser prächtigen Villa da wohnt. Er absolvierte sein Leutnantpraktikum, und ich war der Trariträra. Eines Tages, im Feldlager, wäre Peraplana um ein Haar vom Huf eines durchgehenden Maulesels schrecklich geschlagen worden, hätte ich mich nicht dazwischengestellt und ihm so das Leben gerettet, allerdings unter Einbuße dieses Eckzahns, dessen Lücke ihr hier sehen könnt. Wie zu erwarten, war mir Peraplana sehr dankbar und schwor, wenn ich einmal etwas brauche, könne ich mich ungeniert an ihn wenden. Seither sind viele Jahre vergangen, und ich befinde mich, wie ihr aus meinem Aussehen schließen könnt, in einer mißlichen Lage. Eingedenk seines damaligen Versprechens bin ich heute vormittag hierhergekommen, um an Peraplanas Tür zu klopfen und ihn an seine Dankesschuld zu erinnern, aber was glaubt ihr, was mich erwartet hat? Offene Arme etwa? Denkste! Ein Tritt in den Hintern!«

»Was hast du denn gedacht, Mann?« warf eins der Mädchen ein.

»Lebst du hinterm Mond?« fragte eine andere mitleidig.

»Der denkt doch wirklich, die Kinder kommen aus Paris«, spottete eine dritte.

»Lacht nicht«, sagte die am besonnensten Aussehende, die kaum mehr als achtzehn Lenze zählte, eine kandierte Kirsche. »Alle Reichen sind Schweinehunde. Das hat mein Freund gesagt, und der ist in der PSUC.«

»Seid nicht gemein«, tadelte eine fünfte, deren etwas kurzgeratene Uniform sehr einladende Schinken sehen ließ. »Seit der Geschichte mit dem Maulesel sind viele Jahre vergangen, Jahre übrigens, die Señor Peraplana stärker gezeichnet haben als dich, mein Lamm. Bist du sicher, daß ihr zusammen Militärdienst geleistet habt?«

»Ja, aber ich habe ihn gleich geleistet, als ich eingezogen wurde, während man Peraplana immer wieder Aufschub gewährte. Daher kommt der Altersunterschied, den du so scharfsinnig konstatiert hast, meine Hübsche.«

Die mit den Schinken schien von dieser improvisierten Erklärung befriedigt und fügte hinzu:

»Soviel ich weiß, sind die Peraplanas brave Leute. Sie bezahlen gut und sind nicht so pingelig. Allerdings schon möglich, daß jetzt im Haus alles drunter und drüber geht, wegen der Hochzeit der Kleinen.«

»Isabelita heiratet?« fragte ich.

»War sie etwa auch mit dir im Militärdienst?« fragte die Mollige, deren Folgerungskünste sie allmählich gefährlich machten.

»Während des Fahneneidurlaubs machte er seiner Freundin in Salou ein Kind, und als man uns den grünen Entlassungsschein gab, mußte er sie heiraten. Er sagte mir, falls es ein Mädchen gebe, werde er es Isabelita nennen. Wie doch die Zeit vergeht! Und wie gern sähe ich die Kleine jetzt! So viele Erinnerungen!«

»Na, ich nehme nicht an, daß sie dich zur Hochzeit einladen, Kindchen«, unterbrach mich die

Freundin des PSUquisten. »Der Verlobte ist scheint's betucht.«

»Und sieht er gut aus?« fragte eine andere.

»Wie ein Tagesschausprecher«, witzelte die kandierte Kirsche.

Es war spät geworden, und die Mädchen zerstreuten sich wie ein Schwarm Turteltauben, die von einem plötzlichen Geräusch aufgeschreckt werden und beim Davonfliegen noch einen Dreck fallen lassen, um Gewicht zu verlieren. Ich blieb allein auf der jetzt ganz ruhigen Straße und entwarf in Sekunden einen Plan, zu dessen Ausführung ich einmal mehr auf die Abfalleimer zurückgriff, die für mich zu einem günstigen Ersatz fürs Kaufhaus »El Corte Inglés« geworden waren. Eine Schachtel, etwas Papier, eine Schnur und andere kleine Dinge genügten mir, um ein Paket zu basteln, mit dem ich zu Peraplanas Haus ging. Ich durchquerte einen erquickenden Garten, auf dessen Kiesweg zwei Seats und ein Renault standen und den ein Marmorspringbrunnen, eine Gartenschaukel und ein weißer Tisch unter gestreiftem Sonnenschirm schmückten. Vor der bleigefaßten gläsernen Eingangstür des Hauses blieb ich stehen und drückte auf einen Knopf, der nicht »Rrring«, sondern »Ding-Dong« machte. Auf das Dongeln hin öffnete mir ein dickbauchiger Butler, den ich mit einer leichten Verbeugung grüßte.

»Ich komme vom Schmuckwarenladen Sugrañes am Paseo de Gracia und bringe für Señorita Isabelita Peraplana ein Hochzeitsgeschenk. Ist die Señorita da?«

»Ja, aber sie kann Sie jetzt nicht empfangen. Geben Sir mir das Paket, ich werde es ihr aushändigen.«

Er nestelte ein paar Zehn-Duro-Münzen aus der Tasche, und halbtot vor Hunger, wie ich war, erwog ich die Möglichkeit, sie zu nehmen und wegzulaufen. Aber ich bezwang diese schäbige Anwandlung und brachte das Paket vor dem Butler in Sicherheit, indem ich mich ins Kreuz warf.

»Die Señorita muß den Lieferschein unterschreiben.«

»Ich bin ermächtigt zu unterschreiben«, sagte der Butler hochnäsig.

»Aber ich bin nicht ermächtigt, das Paket abzugeben, wenn mir Señorita Isabelita Peraplana nicht eigenhändig und in meinem Beisein unterschreibt. Eine Regel des Hauses.«

Meine Standhaftigkeit verunsicherte den Butler.

»Die Señorita kann jetzt nicht kommen, ich hab's Ihnen schon gesagt: Sie ist mit der Modistin bei der Anprobe.«

»Dann machen wir doch folgendes: Sie rufen in meinem Geschäft an, und wenn man mir dort die Erlaubnis gibt, werde ich mit größtem Vergnügen nicht nur Ihre Unterschrift, sondern auch Ihr Ehrenwort akzeptieren.«

Von meinen plausiblen Argumenten ziemlich überzeugt, ließ mich der Butler eintreten. Ich flehte zu allen Heiligen, es möge kein Telefon in der Halle geben, und mein Gebet wurde erhört. Die Halle war ein kreisrunder Raum mit hoher, gewölbter

Decke, in dem fast keine Möbel standen, dafür aber Töpfe mit kleinen Palmen sowie einige Bronzefiguren, die nackte Weibsbilder und Zwerglein darstellten. Der Butler hieß mich dort warten, während er im Offiß telefonieren wollte. Ich hatte immer geglaubt, das Offiß sei ein Pissoir, behielt aber mein Befremden für mich. Auf die Frage nach der Telefonnummer des Schmuckwarenladens antwortete ich, ich könne mich nicht erinnern.

»Schlagen Sie im Telefonbuch unter Schmuckwaren Sugrañes nach. Wenn das nicht drinsteht, schlagen Sie unter Sugrañes Juweliere nach. Wenn Sie auch das nicht finden, unter Wertsachen Sugrañes. Und verlangen Sie Sugrañes Vater. Der Sohn ist geistesschwach und hat keinerlei Entscheidungsbefugnis.«

Kaum war der Butler entschwunden, lief ich durch die Halle und eilte, vier auf einmal nehmend, die teppichbelegten Stufen hinauf. In der ersten Etage angekommen, steckte ich den Kopf in ein Zimmer nach dem andern, bis ich beim dritten Anlauf auf das gesuchte stieß, denn es befanden sich zwei Personen darin. Die eine war schon in einem gewissen Alter und mußte die Modistin sein, da sie am Arm wie das Gradabzeichen eines Obergefreiten ein stecknadelgespicktes kleines Kissen trug. In der andern Person erkannte ich sogleich Isabelita Peraplana, trotz der langen Jahre zwischen dem Foto, das mir kurz zuvor der tugendhafte Gärtner gezeigt hatte, und der Frau, die nun in der Blüte ihrer Schönheit vor mir stand, welche umwerfend war. Das blonde Haar fiel ihr in Wellen auf die zarten Schultern und wurde von einem Diadem mit weißen Blümchen gekrönt. Sonst trug sie nur einen winzigen weißen Büstenhalter und ein knappes spitzengesäumtes Höschen, durch dessen Schleierwolken sich das eine oder andere Goldlöckchen stahl. Um das Gemälde zu vervollständigen, füge ich hinzu, daß beiden Frauen der Mund offenstand und daß aus beiden Mündern Schreckensschreie drangen, zweifellos von meinem unerwarteten Eindringen ausgelöst.

»Ich bringe ein kostbares Geschenk aus dem Schmuckwarenladen Sugrañes«, sagte ich rasch und schüttelte das falsche Paket, in dem zwei leere Sardinenbüchsen klapperten, die ich eingepackt hatte, um den Klang von Edelmetall vorzutäuschen.

Aber auch das vermochte die beiden entgeisterten Frauen nicht zu beruhigen. Zu allem entschlossen, trat ich auf die Modistin zu und brüllte:

»Ich fress' dich, mein Täubchen.«

Nun stürzte die Modistin, eine Stecknadelspur hinter sich lassend, so wie Däumling Brotkrumen hinter sich ließ, auf den Gang hinaus und schrie aus voller Kehle um Hilfe. Der Modistin ledig, schloß ich die Tür und warf den Riegel vor. Danach wandte ich mich Isabelita Peraplana zu, die mich stumm vor Schreck ansah und ihre reizende Blöße mit den Händen zu bedecken suchte, was mich um den Verstand gebracht hätte, wäre ich nicht mit einer so wichtigen Botschaft gekommen.

»Señorita Peraplana«, sagte ich hastig, »wir haben nur ein paar Augenblicke. Versuchen Sie mir ganz aufmerksam zuzuhören. Ich bin kein Austräger des Hauses Sugrañes, ja ich glaube nicht einmal, daß eine solche Handelsfirma existiert. Dieses Paket enthält nur ein paar leere Konservendosen und erfüllt keinen andern Zweck, als mir Zutritt zu Ihrem Heim zu verschaffen, ein Hausfriedensbruch, den ich einzig zu begehen wagte, um mit Ihnen unter vier Augen zu sprechen. Sie haben nichts vor mir zu befürchten. Ich bin ein ehemaliger Krimineller und erst seit gestern frei. Die Polizei sucht mich, um mich wieder ins Irrenhaus einzusperren, weil sie glaubt, ich sei in den Tod eines oder vielleicht auch zweier Menschen verwickelt, je nachdem, ob die Typen mit dem Maschinengewehr den Gärtner erwischt haben oder nicht. Auch stecke ich in einer Drogengeschichte: Kokain, Amphetamine und LSD. Und meine arme Schwester, eine Hure, sitzt meinethalben im Kittchen. Sie sehen also, in welch dramatischer Verfassung ich mich befinde. Ich wiederhole, daß Sie keine Angst zu haben brauchen – ich bin weder verrückt, wie man behauptet, noch ein Krimineller. Gut, ich rieche ein wenig nach Achselschweiß und Wein und Abfall, aber all das hat eine sehr einfache Erklärung, die ich Ihnen herzlich gern gäbe, wenn ich die Zeit hätte, die ich unglücklicherweise nicht habe. Können Sie mir folgen?«

Sie nickte, wirkte aber nicht sehr überzeugt. Ich dachte, sie sei wohl ein übermäßig verhätscheltes und deshalb ungezogenes Mädchen.

»Ich möchte bloß, daß Sie eines genau begreifen.« Ich sprach weiter, obwohl auf der anderen

Seite der Tür der Butler zeterte, ich solle unverzüglich aufmachen. »Vom Erfolg meiner Nachforschungen hängen meine Freiheit und die meiner armen Schwester ab. Für Sie hat das natürlich nicht die geringste Bedeutung, vor allem so kurz vor Ihrer Hochzeit mit einem wohlhabenden und anmutigen Burschen, wie mir die Dienstmädchen des Viertels gesagt haben – und mit einem vom Schicksal begünstigten, muß ich beifügen, wenn ich sehe, was er gewinnt, und anläßlich dessen drücke ich Ihnen nebenbei für Ihr ewiges Glück die Daumen. Aber ich muß, wie gesagt, unbedingt…«

»Die Polizei ist auf dem Weg hierher!« hörte ich den Butler schreien. »Kommen Sie mit erhobenen Händen heraus, und es wird Ihnen nichts geschehen!«

»…ich muß, wie gesagt, unbedingt einen Fall aufklären, und dabei kann ich nicht auf Ihre Mitarbeit verzichten, Señorita Isabel.«

»Was wollen Sie von mir?« murmelte das junge Mädchen mit stockender Stimme.

»Sie waren Schülerin im Internat der Lazaristenschwestern von San Gervasio, stimmt's? Ja, natürlich stimmt's, weil ich es weiß und weil ich in der 71er-Aprilnummer von ›Rosen für Maria‹ Ihr Foto gesehen habe.«

»Ich ging auf diese Schule, das stimmt.«

»Sie gingen nicht – sie waren in dieser Schule, intern, und zwar bis zum fünften Jahr des Gymnasiums, eine gute, fleißige Schülerin, angebetet von den Nönnchen. Aber eines Nachts sind Sie verschwunden.«

»Ich weiß nicht, wovon Sie reden.«

»Eines Nachts sind Sie auf geheimnisvolle Weise aus dem Schlafsaal verschwunden, durch mehrere verschlossene Türen und dann quer durch den Garten gegangen, ohne daß die Hunde etwas davon merkten, sind über ein unüberwindliches Gittertor oder eine Mauer geklettert und mit unbekanntem Ziel verschwunden.«

»Sie sind vollkommen verrückt!«

»Sie sind spurlos verschwunden, und die gesamte Barceloneser Polizei konnte Sie nicht ausfindig machen, bis Sie zwei Tage später wieder denselben Weg machten und sich zu den andern in den Schlafsaal legten, als wäre nichts geschehen. Und Sie sagten der Superiorin, Sie könnten sich nicht an das Vorgefallene erinnern, aber das kann nicht sein. Es kann nicht sein, daß Sie sich nicht daran erinnern, zweimal hintereinander eine derartige Heldentat vollbracht zu haben, es kann nicht sein, daß Sie sich nicht daran erinnern, was Sie taten und wo Sie sich in den zwei Tagen versteckt hielten, die Sie vom Reich der Lebenden verschwunden waren. Erzählen Sie mir, was geschah, erzählen Sie's mir um Gottes willen, und Sie tragen dazu bei, ein unschuldiges Menschenwesen gesellschaftlich zu rehabilitieren, das einzig und allein auf den Respekt seiner Nächsten und auf eine schöne Dusche aus ist.«

Auf dem Gang waren feste Schritte zu hören, und dann wurde energisch an die Tür gehämmert: die Polizei. Ich schaute das junge Mädchen ängstlich an.

»Bitte, Señorita Isabel!«

»Ich weiß nicht, wovon Sie reden. Ich schwöre Ihnen bei allem, was Ihnen lieb ist, ich weiß nicht, wovon Sie reden.«

In ihrer Stimme lag eine verzweifelte Aufrichtigkeit, aber selbst wenn sie mit schallendem Gelächter geantwortet hätte, wäre mir nichts anderes übriggeblieben, als ihre Antwort zu akzeptieren, denn schon gaben die Türangeln nach, und zwischen den Splittern des oberen Paneels erschien der hocherhobene Knüppel eines Polizisten. Also bat ich nur noch schnell für die Belästigung um Verzeihung und stürzte mich kopfüber aus dem Fenster, als bereits der erste Behördenvertreter seine vorschriftsgemäß behandschuhten Finger nach mir ausstreckte.

Ich fiel aufs Verdeck eines der beiden auf dem Kiesweg geparkten Seats und erlitt weiter keinen materiellen Schaden, außer daß ich mir an der Antenne den Hosenboden aufschlitzte, womit ich mich an der uns überflutenden Erotikwelle beteiligte, an der unsere Filmstars so großen Gefallen fanden, weil sie darauf versessen waren, ihre an einem schon fernen Gestern so kleinlich verhüllte Haut jetzt schlaff und welk zu entblößen. Der Polizist, in Anbetracht dessen, daß sein Einkommen das Risiko, hinter mir herzuspringen, zweifellos nicht rechtfertigte, begnügte sich damit, das Magazin seines Maschinengewehrs gegen den Seat zu entladen, auf dem ich schon nicht mehr war, und so aus Motor, Karosserie und Scheiben einen Gruyère-Käse zu machen. Ich weiß, nebenbei erwähnt, sehr wohl, daß der Gruyère-Käse keine Löcher hat – diese gehören eher zu einer andern Sorte, an deren Namen ich mich nicht erinnern kann –, und habe den vorstehenden Vergleich nur gebraucht, weil in der Alltagssprache unseres Landes normalerweise jede durchlöcherte Oberfläche mit dem ersten der beiden Käse, mit dem Gruyère eben, gleichgesetzt wird. Auch muß ich meiner Enttäuschung darüber Ausdruck geben, daß der durchsiebte Wagen nicht explodierte, wie es solche Geräte in den TV-Serien immer tun, obwohl natürlich allgemein bekannt ist, daß zwischen Wirklichkeit und Phantasie ein Abgrund klafft und daß Kunst und Leben nicht immer Hand in Hand gehen.

Ich sprang also wie gesagt vom Auto auf den Boden und danach über den Zaun und lief mit erstaunlicher Geschwindigkeit die Straße hinunter, wobei ich den Kopf als Ramme einsetzte, um mir in der von den Schreien und Schüssen zusammengetrommelten Menschenmenge einen Weg zu bahnen. Das Schicksal wollte es, daß die Polizei a priori beschloß, es mit einem mutmaßlichen Frauenschänder zu tun zu haben, und also oberflächlich und nachsichtig vorging, wie es einem solchen Fall entspricht, und nicht mit einem Terroristen – ein Umstand, der es ihr nicht erspart hätte, den Häuserblock zu umstellen und die moderne Technologie einzusetzen, über die sie verfügt.

Nachdem ich mich in Sicherheit gebracht hatte, rekapitulierte ich: Das Gespräch mit Isabel Peraplana konnte man ohne Umschweife als Fehlschlag bezeichnen und die Gefahren, denen ich seinetwegen ausgesetzt war, als unmäßig im Vergleich zum erzielten Ertrag. Aber ich fühlte mich keineswegs eingeschüchtert, denn noch hatte ich den letzten Trumpf auszuspielen, verkörpert in der Person Mercedes Negrers, deren Namen bis vor wenigen Stunden alle verschwiegen hatten, aus Gründen, die ich nun als bedeutsam empfand.

9. Kapitel

Ein Ausflug aufs Land

Zehn Negrer standen im Telefonbuch. Ich habe mich schon immer gefragt, weshalb die Behörden die Wiederholung von Namen dulden, diese dadurch jeden Nutzens berauben und so die Konfusion unter den Bürgern fördern. Wie würde sich wohl unsere leistungsfähige Post behelfen, wenn zwanzig Ortschaften, beispielsweise, Segovia hießen? Wie würde man Bußen eintreiben, wenn zahlreiche Autos eine identische Nummer hätten? Welche gastronomischen Freuden blieben uns noch, wenn sämtliche Gerichte einer Speisekarte Fleischbrühe genannt würden?

Doch das war nicht der geeignete Moment, Katalogisierungsreformen zu entwickeln, und ich schob meine Überlegungen beiseite, um mich auf eine Aufgabe zu konzentrieren, die sich als beschwerlich abzeichnete und es auch war. Das Schicksal, mir bis dahin gewogen, zeigte sich jetzt ungnädig, und ich mußte neun mühsame Anrufe machen, bis eine alkoholisiert klingende Frauenstimme zugab, Mercedes Negrer zu gehören.

»Es ist mir ein Vergnügen, Sie zu begrüßen«, sagte ich hochtrabend. »Hier ist das Spanische Fernsehen aus den Studios von Prado del Rey. Mein Name ist Rodrigo Sugrañes, Programmdirektor. Wären Sie so liebenswürdig, uns einige Sekunden Ihrer kostbaren Zeit zu gewähren? Ja? Es konnte ja nicht anders sein! Also: Wir arbeiten an einer neuen, zeitgemäßen Aktualitätensendung mit dem Titel ›Jugend und Demokratie‹ und interviewen zu diesem Zweck vor unseren Kameras die Generationen, die das Licht der Welt in den fünfziger Jahren erblickt haben und bald zum erstenmal wählen dürfen – Sie wissen, dieser ganze Hokuspokus. Nach unseren Informationen sind Sie etwa im Jahr... Einen Augenblick – bitte nicht sagen« – ich machte einen raschen Überschlag: vor sechs Jahren vierzehn, 1977 minus zwanzig –, »...57 geboren, richtig?«

»Falsch«, antwortete die Stimme. »Ich bin... Was tut denn mein Geburtsjahr zur Sache? Sie wollen nicht mit mir, sondern mit meiner Tochter sprechen.«

»Ein bedauerlicher Irrtum, Señora, aber wie konnte ich denn ahnen, daß Sie nicht Ihre eigene Tochter sind? Sie haben eine so jugendliche Stimme, eine so singende Modulation... Können Sie Ihrer Tochter sagen, sie möchte an den Apparat kommen?«

Sie zögerte, und ich wußte nicht, weshalb.

»Nein... Meine Tochter ist nicht da.«

»Wissen Sie, wann sie zurück sein wird?«

»Sie wohnt nicht hier.«

»Wären Sie dann vielleicht so gut, mir ihren Wohnort anzugeben?«

Erneutes Zögern. Sollte diese Familie etwa mit dem Schandfleck eines leichten Mädchens geschlagen sein?

»Ich kann Ihnen den Aufenthaltsort meiner

Tochter unmöglich bekanntgeben, Señor Sugrañes, es tut mir aufrichtig leid.«

»Aber, Señora, wollen Sie etwa dem Spanischen Fernsehen, das allabendlich sämtliche Haushalte des Vaterlandes erreicht, Ihre Mitarbeit versagen?«

»Man hat mir aufgetragen, ich solle nicht...«

»Señora de Negrer, hören Sie mir gut zu: Ich weiß nicht, wer Ihnen was aufgetragen hat, aber ich kann Ihnen versichern, daß ich nicht in meinem eigenen Namen und auch nicht im Namen der Millionen Fernsehzuschauer spreche, die uns täglich einschalten. Im Vertrauen sage ich Ihnen, daß der Herr Informations- und Fremdenverkehrsminister, wenn sich diese hohe Regierungsinstanz noch immer so nennt, sehr an diesem Pilotprogramm interessiert ist. Señora!«

Ich fürchtete, sie würde einhängen. Ein erregtes Atmen war zu hören, und ich stellte mir eine keuchende Büste vor, vielleicht ein Schweißbächlein in der Brustrinne, und mußte mich sehr zusammennehmen, um meine Fantasien zu verscheuchen. Die Señora sprach:

»Meine Tochter Merceditas wohnt in Pobla de l'Escorpí. Vielleicht könnte der Minister, wenn er, wie Sie sagen, interessiert ist, sich bei... bei irgend jemand dafür verwenden, der zuständig ist, daß dieser schmerzlichen Trennung ein Ende gesetzt wird.«

Ich hatte nicht die leiseste Ahnung, wovon sie sprach, aber endlich die gewünschte Information, und das war die Hauptsache.

»Seien Sie unbesorgt, Señora: Es gibt keinen Hebel, den das Fernsehen nicht in Bewegung setzen könnte. Tausend Dank und bis bald. Wir sind auf Sendung!«

Ich verließ die nach Hunden stinkende Telefonzelle und sah auf die achteckige Uhr, die den Giebel eines Miederwarengeschäfts schmückte: halb sieben. Dann ging ich wieder in die Zelle zurück, rief die Auskunft an, verlangte die Nummer der RENFE, rief vierzig Mal die RENFE an und schaffte es wie durch ein Wunder, berücksichtigt zu werden. Der letzte Zug nach Pobla de l'Escorpí fuhr in zwanzig Minuten ab Nahverkehrsbahnhof. Ich stoppte ein Taxi und versprach dem Fahrer ein gutes Trinkgeld, wenn ich zeitig genug auf den Bahnhof käme, um den Zug noch zu bekommen. Die Hälfte der Strecke legten wir auf dem Gehsteig zurück, aber als wir vor den Bahnhof kamen, fehlten bloß noch zwei Minuten bis zur Abfahrt. Ich nutzte ein Rotlicht, um aus dem Taxi zu springen und zwischen den auf der Fahrbahn verkeilten Autos zu entwischen. Der Fahrer konnte sein Steuer nicht verlassen, um mir nachzurennen, und mußte sich darauf beschränken, mich aus tiefster Seele zu beschimpfen. Es war Punkt sieben, als ich in die rußgeschwärzte Halle trat, und eine weitere Minute verlor ich, um den entsprechenden Bahnsteig ausfindig zu machen. Als ich schließlich am Ziel war, wurde gerade der Zug, Gegenstand meiner Eile, zusammengestellt – ein in der Eisenbahnsprache sehr gängiger Ausdruck, dessen Bedeutung ich nie richtig verstehen werde. Die sprichwörtliche Unpünktlichkeit der RENFE hatte mich gerettet.

Der Bahnsteig, ja der ganze Bahnhof war ein Hexenkessel. Der lukrative Massentourismus hatte begonnen, und herdenweise waren die Urlauber eingetroffen, die Jahr für Jahr unbedingt in dieses Land kommen wollen und hier die Liebkosungen unserer Sonne, unsere überfüllten Strände und unsere lächerlich billige Alltagskost suchen, die in wäßrigem Gazpacho, verdächtigen Fleischklößchen und einem Melonenschnitzchen besteht. Die verwirrten Reisenden bemühten sich umsonst, in ihre jeweilige Sprache zu übersetzen, was näselnde Lautsprecher von sich gaben. Im Schutz dieses Durcheinanders stahl ich einem kleinen Jungen das braune Stückchen Karton, das mir eine legale Fahrt erlauben sollte. Später wurde ich Zeuge, wie die Mutter des Jungen diesen unter dem gestrengen Blick des Schaffners ohrfeigte. Das tat mir etwas weh, aber ich tröstete mich mit dem Gedanken, diese Lehre könnte dem Kleinen in Zukunft vielleicht von Nutzen sein.

Es war bereits dunkel, als der Zug die äußerste Stadtgrenze hinter sich ließ und auf das düstere Land hinausfuhr. Obwohl der Wagen überfüllt war und mehrere Fahrgäste im engen Gang stehen mußten, setzte sich niemand neben mich, ganz offensichtlich wegen des Gestanks meiner Achselhöhlen. Ich beschloß, von der Zimperlichkeit der Menschen zu profitieren, streckte mich so lang ich war – und noch bin – auf dem Sitz aus und schlief, von der Müdigkeit übermannt, rasch ein. Meine Träume, an denen Ilsa, die ausschweifende Soziologin, nicht unbeteiligt war, nahmen bald einen deutlich erotischen Verlauf und gipfelten in einer unkontrollierten Spermaausschüttung – zur Unterweisung der Kinder im Wagen, die die Veränderungen und das Auf und Ab meines Organismus mit wissenschaftlicher Neugier verfolgt hatten.

Zwei Stunden später blieb der Zug an einer in hundert Jahren Ruß und Nachlässigkeit schwarz gewordenen Lehmziegel-Haltestelle stehen. Auf dem Bahnsteig reihten sich etwa meterhohe Metallkannen aneinander, auf deren Bauch »Milchprodukte Mamasa, Pobla de l'Escorpí« stand. Ich stieg aus, denn hier wollte ich hin.

Von der Haltestelle zum Dorf schlängelte sich ein steiniger, finsterer Weg, dem ich etwas beklommen folgte, weil die Stille nur durch das Raunen in den Bäumen und ab und zu durch den Laut eines Tiers unterbrochen wurde. Der Himmel war sternenbedeckt.

Das Dorf wirkte ausgestorben. In der Gastwirtschaft »Can Soretes« sagte man mir, ich würde Mercedes Negrer sicherlich in der Schule finden. Als Señor Soretes (denn ich vermutete, er sei es selbst) diesen Namen aussprach, schloß er ein wenig die Augen, schnalzte mit der Zunge und führte eine behaarte Hand an die vom Tresen verdeckte Stelle seines plumpen Körpers. Ich überließ ihn seinen Zuckungen und lenkte meine Schritte zur Schule, wo in einem der kleinen Fenster ein gelbliches Licht brannte. Durch die Scheibe hindurch erblickte ich ein Klassenzimmer, in dem nur eine junge Frau mit kurzgeschorenen schwarzen Haaren saß, deren Gesicht ich nicht erkennen konnte und die einen Haufen auf dem Lehrerinnentisch liegender Blätter durchsah. Als ich leise ans Fenster klopfte, fuhr sie zusammen. Ich preßte mein Gesicht ans Glas und versuchte trotz der damit verbundenen Schwierigkeiten zu lächeln, um die Lehrerin – denn ich schätzte, sie sei es – und damit Mercedes Negrer, die dieses Amt ausübte, zu beruhigen.

Als sie die Brille abnahm und ans Fenster trat, erkannte ich sie. Im Gegensatz zu ihrer Freundin Isabelita Peraplana hatte sie sich stark verändert – nicht so sehr, weil ihre Physiognomie andere als die zur natürlichen biologischen Entwicklung gehörenden Wandlungen durchgemacht hätte, als vielmehr, weil der Ausdruck ihrer Augen und das gezwungen wirkende Lächeln ihres Mundes nicht mehr zu dem Gesicht paßten, das mich noch vor ein paar Stunden aus den Hochglanzseiten der widerlichen Zeitschrift »Rosen für Maria« angeschaut hatte. Im übrigen bemerkte ich trotzdem, daß ihre Züge fein, regelmäßig und hübsch waren, ihre in eine enge schwarze Kordhose gezwängten Beine lang und offensichtlich wohlgedrechselt, ihre Hüften etwas rundlich, ihre Taille schmal und ihre Brüste, die ein gerippter Wollpullover in Schranken zu halten versuchte, kraftvoll wogend. Ich dachte, sie gehöre zu denen, die auf einen BH verzichten, eine Kategorie, der meine Zustimmung gewiß ist.

Die also Geschilderte hob das Schiebefenster einige Millimeter und fragte mich, wer ich sei und was ich wolle.

»Mein Name wird Ihnen nichts sagen« – ich versuchte, beim Sprechen meine Lippen durch den Spalt zu schieben –, »und ich will mit Ihnen reden. Bitte schließen Sie das Fenster nicht, ehe Sie mich angehört haben. Schauen Sie, ich habe meinen kleinen Finger aufs Fensterbrett gelegt. Wenn Sie es schließen, tragen Sie die Verantwortung für das, was meinen zerbrechlichen Knochen zustößt. Ich weiß, daß Sie Mercedes Negrer heißen, und Ihre Frau Mutter, eine entzückende Dame, hat mir Ihren Wohnort genannt, was sie, da es sich um eine Mutter handelt, ganz gewiß nicht getan hätte, wären meine Absichten nicht vollkommen redlich. Ich bin eigens von Barcelona hergekommen, um mit Ihnen einen Meinungsaustausch zu haben. Ich werde Ihnen nichts tun. Bitte!«

Der mitleiderregende Ton meiner Stimme und mein aufrichtiger Gesichtsausdruck überzeugten sie offenbar, denn sie öffnete das Fenster ein wenig mehr.

»Sprechen Sie.«

»Was ich Ihnen zu sagen habe, ist vertraulich und beansprucht möglicherweise etwas Zeit. Könnten wir nicht an einem intimeren Ort reden? Lassen Sie mich wenigstens herein, daß ich an einem Pult Platz nehmen kann. Ich habe noch nie an einem Pult gesessen, meine Bildung ist nämlich, um es so auszudrücken, defizitär.«

Mercedes Negrer dachte ein paar Sekunden nach, während deren es mir gelang, meinen Blick nicht ein einziges Mal auf ihre verlockenden Brüste zu richten.

»Wir können zu mir gehen«, sagte sie schließlich,

was mich gleichermaßen freute wie überraschte. »Dort werden wir ziemlich ungestört sein, und ich kann Ihnen ein Glas Wein anbieten, wenn Sie mögen.«

»Könnte es vielleicht auch eine Pepsi-Cola sein...?« wagte ich anzudeuten.

»So etwas habe ich nicht im Eisschrank«, sagte sie grundlos belustigt, »aber wenn die Kneipe noch geöffnet ist, können wir dort eine kaufen.«

»Vor einer Minute war sie noch geöffnet, aber es lag nicht in meiner Absicht, Ihnen Umstände zu machen.«

»Das macht mir keine Umstände. Ich hatte schon die Schnauze voll von diesen Benotungen«, rief sie aus, schloß die Blätter, über denen sie gebrütet hatte, in die Schreibtischschublade, steckte die Brille ungeschützt in eine Sackleinentasche, hängte sich diese über die Schulter und löschte das Licht im Schulzimmer. »Früher, zu meiner Zeit, meine ich, war der Unterricht noch etwas anderes. Die Gören hatten es lustig bei der urwüchsigen Erotik der biblischen Geschichten und den rosigen Schilderungen unserer imperialen Heldentaten. Heute dagegen gibt es nur Einheitstheorien, linguistische Binsenwahrheiten und eine einschläfernde, unglaubwürdige Sexualerziehung.«

»Unter Franco hatten wir's besser«, wiederholte ich die aus dem Mund des schamhaften Gärtners vernommene Devise.

»Jede Epoche der Vergangenheit war besser.« Sie lachte aufgeräumt und öffnete sowohl den Mund wie das Fenster, durch das sie ein Bein herausstreckte. »Helfen Sie mir herunter. In einer Anwandlung von Selbstüberschätzung habe ich mir eine zwei Nummern zu kleine Hose gekauft.«

Ich hielt ihr eine Hand hin.

»Nein, nicht so, Mensch! Fassen Sie mich um die Hüfte, ohne Furcht, ich bin nicht zerbrechlich. Man hat mich schon kräftiger angepackt. Sind Sie schüchtern, verklemmt oder einfach nur unbeholfen?«

Ihr Körper prallte gegen den meinen, und ich ließ sie überstürzt wieder los und studierte den hinter mir scheinenden Mond, um den auffälligen Ständer zu verbergen, den mir die Berührung mit ihr hatte wachsen lassen. Die Vorstellung, bei der Annäherung hätte sie meinen angriffigen Geruch wittern können, gab mir die verlorene Ruhe rasch zurück. Inzwischen hatte Mercedes Negrer das Fenster geschlossen und zeigte mir den Weg. Es war der zur Gastwirtschaft, wo ich hergekommen war. Sie sagte, eigentlich freue sie sich über meine Anwesenheit, das Dorf überströme nicht gerade vor Emotionen – das war augenfällig – und die Abgeschiedenheit greife ihre Nerven an. Ich mochte sie nicht fragen, was sie in dieses Exil getrieben hatte und welche Gründe sie an einem Ort festnagelten, den sie offensichtlich haßte, denn ich nahm an, die Antwort auf solche Fragen sei genau der Zweck meiner Reise und diese dürften deshalb nur mit einer gewissen Vorsicht formuliert werden.

Zu meinem Glück war das Gasthaus geöffnet, und der impulsive Patron reinigte die Theke mit einem schwärzlichen Lappen und einem dieser

Sprays, die den Sauerstoff zerstören. Er gab uns die verlangte Pepsi-Cola und ließ dabei seine Augen unaufhörlich und mit angeborener Unverschämtheit über Mercedes' Konturen gleiten.

»Was macht's?« fragte die Lehrerin.

»Du weißt ja, daß du mit deinem Erdbeermündchen bezahlen kannst, Schätzchen.«

Ohne sich durch diese Unflätigkeit aus der Ruhe bringen zu lassen, zog Mercedes einen Segeltuchbeutel aus der Tasche und aus diesem einen Fünfhundert-Peseten-Schein, den sie auf die Theke legte. Der andere verwahrte ihn in der Registrierkasse und gab ihr das Wechselgeld.

»Wann wirst du mit mir du-weißt-schon-was tun, Merceditas?« bedrängte sie der brünstige Schankwirt.

»Dann, wenn ich so verzweifelt bin wie deine Frau«, antwortete Mercedes auf dem Weg zur Tür.

Ich sah, daß ich meine Gegenwart zur Geltung bringen mußte, und fragte das Mädchen, sowie wir auf der Straße waren, ob ich nicht zurückgehen und dem unverschämten Kerl, der sie mit seinen Worten drangsalierte, einen Denkzettel verpassen solle.

»Nein, laß ihn in Ruhe.« Ihre Stimme klang etwas zweideutig. »Er gehört zu denen, die sagen, was sie nicht denken. Bei den meisten ist's umgekehrt, und das ist schlimmer.«

Ich hatte das »du« sehr wohl bemerkt und sagte: »Auf jeden Fall will ich nicht, daß Sie meinetwegen Auslagen haben. Da, nehmen Sie Ihre fünfhundert Peseten.«

»Das fehlte noch. Behalt dein Geld.«

»Es gehört nicht mir – es sind Ihre fünfhundert Peseten. Ich hab' sie aus der Kasse geschnappt, während dieser Schwätzer große Töne spuckte.«

»Na, das ist aber Spitze!« platzte sie heraus und kam wieder zu Laune. Sie steckte den Geldschein in die Hosentasche und schaute mich zum erstenmal mit einem gewissen Respekt an.

»Sind Sie sicher, daß es keinen Tratsch gibt, wenn ich zu Ihnen mitgehe?«

Sie sah mich fest an, lächelte aber weiter.

»Das glaub' ich nicht, ohne dir nahetreten zu wollen. Im übrigen hab' ich schon einen geradezu löblich schlechten Ruf, also scheiß' ich drauf.«

»Das tut mir leid.«

»Es sollte dir eher leid tun, daß das Getratsche nicht der Wirklichkeit entspricht. Wie die Nonnen auf meiner Schule sagten: Es gibt in diesem gottverlassenen Nest nicht sehr oft Gelegenheit, den Herrn zu beleidigen. Mit der Lockerung der Sitten sind die Mädchen clever geworden, und die Konkurrenz ist groß. Ich hab' den Nachteil, daß ich nicht vertrauenerweckend bin. Als die Milchzentrale vergrößert wurde, importierte man ein paar Senegalesen als Hilfsarbeiter. Illegal natürlich. Man bezahlte ihnen einen Dreck und entließ sie wieder, wenn ihnen der Schwanz aus den Augen sah.« Fern von der Stadt und also von den wichtigsten Modeströmungen, krankten Mercedes' Obszönitäten an einer gewissen Hybridisierung. »Ich habe geglaubt, mit den Schwarzen könnte ich ausgiebig meinen Nachholbedarf stillen und mir nebenbei die Richtigkeit gewisser kultureller Mythen bestätigen lassen. Aber ich hab's nicht versucht. Ihretwegen, versteht sich. Die aus dem Dorf hätten sie gelyncht, wenn ihnen zu Ohren gekommen wäre, daß da was los ist.«

»Und Sie nicht?«

»Nicht was?«

»Sie hätte man nicht gelyncht?«

»Nein, mich nicht. Erstens weil ich nicht schwarz bin, wie du sehen wirst, wenn wir zur Laterne dort kommen. Und zweitens haben sie schon klein beigegeben. Am Anfang war ich eine harte Nuß für sie. Dann hat jemand das Wort ›Nymphomanin‹ gebraucht, und das hat ihre intellektuelle Unrast eingeschläfert. Die magische Kraft des Wortes.«

»Und trotzdem läßt man Sie die Kinder erziehen?«

»Was bleibt ihnen anderes übrig? Wenn's nach ihnen ginge, hätte man mich schon vor Jahren rausgeschmissen. Aber sie können nicht.«

»Eine unwiderrufliche Bestallung des Ministeriums?«

»Nein. Ich hab' nicht einmal das Lehramtsdiplom. Das Überleben des Dorfes hängt von der Milchzentrale ab. Mamasa heißt sie – ich weiß nicht, ob du die Kannen auf dem Bahnhof gesehen hast. Ja? Nun, das ist die Erklärung. Mamasa will, daß ich hier bleibe, und hier werde ich bleiben, auch wenn die Welt untergeht.«

»Wer ist denn Eigentümer von Mamasa?«

»Peraplana.« Ich hatte mir schon gedacht, die Antwort würde so lauten. Ein Schatten von Angst huschte über ihre schönen astigmatischen Augen. »Schickt er dich?« fragte sie kaum hörbar.

»Nein, nein, wo denken Sie hin. Ich stehe auf Ihrer Seite, glauben Sie mir.«

Nach einem Schweigen, als ich schon meinte, sie würde keinen Ton mehr von sich geben, sagte sie:

»Ich glaube dir.« Es klang so überzeugt, daß ich annahm, sie brauche verzweifelt jemanden, dem sie vertrauen könne. Ach, dachte ich, unter andern Umständen…

Wir gelangten vor die Tür eines alten steinernen Kastens, der einsam am Ende einer ruhigen Straße stand. Hinter dem Haus begannen die Felder, in der Ferne gurgelte ein Fluß, und am Horizont beschien der Mond imposante Berge. Mercedes Negrer öffnete die Haustür mit einem riesigen verrosteten Schüssel von deutlich obszöner Konnotation und ließ mich eintreten. Die Wohnung war lieblos mit rustikalen Möbeln ausstaffiert. An sämtlichen Wänden des Wohnzimmerchens, in das sie mich führte, standen überquellende Bücherregale. Auch auf dem Beistelltischchen und den Korbsesselchen lagen Bücher. In einer Ecke stand ein alter, staubbedeckter Fernseher.

»Hast du gegessen?« fragte sie.

»Ja, vielen Dank.« Ich spürte, wie mir der Hunger die Eingeweide zernagte.

»Lüg nicht.«

»Seit zwei Tagen habe ich keinen Bissen mehr zu mir genommen«, gab ich zu.

»Ehrlichkeit ist am besten. Ich kann dir ein paar Spiegeleier machen, und ich glaube, es ist auch noch Schinken da und Käse, Obst und Milch. Das Brot ist zwar von vorgestern, aber als Toast mit Öl und

Knoblauch wird man's essen können. Dann habe ich noch Beutelsuppe und eine Dose Pfirsichkompott. Ah, und von Weihnachten ist etwas Turrón übriggeblieben, er wird allerdings steinhart sein. Trink in Ruhe deine Pepsi, während ich all das bereitmache. Und wühl mir nicht in den Papieren, du wirst nämlich nichts finden.«

Mit etwas unbegründeter Hast ging sie hinaus. Allein mit meinem Getränk, ließ ich mich in einen Sessel fallen, nahm ein paar Schlucke und war, übermannt von der Erschöpfung der letzten Tage und erregt bis ins Mark – nicht nur von den Hoffnungen, die mir der kurze Vortrag meiner Gastgeberin zu hegen erlaubte, sondern vor allem vom ihn begleitenden Ton mütterlicher Sehnsucht –, nahe daran, in trostlose Tränen auszubrechen. Aber ich beherrschte mich wie ein Kerl.

10. Kapitel

Die Geschichte
der meuchelnden Lehrerin

Ich hatte das opulente Essen beendet und knabberte am Turrónriegel, der mir trotz seiner Betagtheit köstlich schmeckte, als die Wanduhr im Wohnzimmer elfmal schlug, wie es der Stunde entsprach. Mercedes Negrer, im Schneidersitz auf der Fußmatte, obwohl es in dieser Wohnung nicht an freien Stühlen fehlte, schaute mich mit ironischer Neugier an. Als einzige Nahrung hatte sie, mit der für die Gesättigten typischen Mäßigkeit, ein paar Stückchen Käse, eine rohe Karotte und zwei Äpfel zu sich genommen und fragte mich dann, ob ich einen Joint hätte, was ich verneinen mußte, weil es wirklich so war; ich hätte aber dieselbe Antwort gegeben, wenn ich das Gewünschte gehabt hätte, denn ich war daran interessiert, daß sie in der raffinierten Befragung, der ich sie unterziehen wollte, einen klaren Kopf behielt. Während des Essens herrschte, wie man es vor einem sich zusammenbrauenden Gewitter zu sagen pflegt, eine gespannte Stille, wenn unter Stille das Fehlen verbaler Äußerungen zu verstehen ist, denn mein Kauen, Schlucken und Rülpsen hatte in den düsteren Steinwänden des alten Hauses Echos hervorgerufen, und nach alledem ordnete ich meine Gedanken und sagte:

»Habe ich auch bis dahin nichts anderes getan, als deine grenzenlose Großzügigkeit auszunutzen, für die ich dir ewig dankbar sein werde, denn Undankbarkeit gehört nicht ins weite Spektrum meiner nicht eben leichten Vergehen, obwohl ich für viele von ihnen überhaupt nicht verantwortlich bin, so will ich nun sogleich das Geheimnis meines Besuches lüften, indem ich kurz zusammenfasse, was ihm vorausgegangen ist, und seinen Zweck erläutere. Es ist so, daß ich eine krumme Sache recherchiere, von deren glücklicher Aufklärung vieles abhängt. Ich bin, wie bereits gesagt, ein rechtschaffener Mann, obwohl ich nicht immer so gewesen bin. Leider kenne ich beide Seiten der Schamotte, falls die Metapher paßt, was ich bezweifle, denn ich weiß nicht, was das Wort ›Schamotte‹ bedeutet. Meine früheren Schwierigkeiten haben mich in Gefängnisse und an andere Orte gebracht, die ich lieber nicht nenne, um nicht einen noch stärkeren Eindruck hervorzurufen, als es schon mein Aussehen tut.«

»Mach mal halblang«, sagte sie.

»Ich bin noch nicht fertig.«

»Ist auch nicht nötig. Schon wie ich dich zu Gesicht bekam, war mir klar, weshalb du gekommen bist. Lassen wir also das Drumherum. Was willst du wissen?«

»Etwas, was vor sechs Jahren geschehen ist. Du warst damals vierzehn.«

»Fünfzehn. Ich habe wegen Scharlach ein Jahr verloren.«

»Also meinetwegen fünfzehn. Warum hat man dich aus der Schule der Lazaristenschwestern von San Gervasio geworfen?«

»Weil ich es an Lerneifer fehlen ließ und der Unterricht mir egal war.«

Sie hatte sehr rasch geantwortet. Ich zeigte auf die Bücherregale um uns herum, und sie verstand meinen Einspruch.

»Eigentlich war es wegen schlechten Betragens. Ich war ein rebellisches Mädchen.«

Ich erinnerte mich daran, daß der keusche Gärtner sie als Teufelchen bezeichnet hatte, mit welchem Epitheton er allerdings das Betragen der meisten Schülerinnen bedacht hatte.

›»Ein so schlechtes Betragen, daß man es nicht mit den gebräuchlichen Disziplinarmaßnahmen ahnden konnte?«

»In diesem Alter verändern sich die Mädchen — falls du nie die Beauvoir gelesen hast. Manche schicken sich ohne großes Getue in den Wandel. Zu denen gehörte ich aber nicht. Das Phänomen ist von der Psychiatrie erforscht, aber die Nonnen von damals waren auf dem Gebiet nicht beschlagen und zogen es vor, mich als besessen anzusehen.«

»Das wird ja wohl nicht der erste Fall gewesen sein.«

»Ich war auch nicht die erste Schülerin, die von einer Schule geschmissen wurde.«

»War auch Isabelita Peraplana besessen?«

Die nun folgende Pause war etwas länger als die vorherigen. Dank der langen psychiatrischen Behandlung, der man mich im Irrenhaus unterzogen hatte, wußte ich, daß das eine Bedeutung hatte, aber nicht, welche.

»Isabelita war ein vorbildliches Mädchen«, sagte sie schließlich mit ausdrucksloser Stimme.

»Wenn sie so vorbildlich war, weshalb hat man sie dann rausgeschmissen?«

»Frag sie doch selbst.«

»Das hab' ich schon getan.«

»Und ihre Antwort hat dich nicht zufriedengestellt?«

»Es gab gar keine Antwort. Sie sagte, sie erinnere sich an nichts.«

»Das glaub' ich«, meinte Mercedes mit seltsamem Lächeln.

»Auch mir erschien sie aufrichtig. Aber da muß noch etwas anderes sein – etwas, was alle wissen und alle verschweigen.«

»Sie werden ihre Gründe haben, oder wir, je nachdem, ob du auch mich dazuzählst. Warum willst du unbedingt erfahren, was vorgefallen ist? Bist du an der Erziehungsreform interessiert?«

»Isabel Peraplana verschwand vor sechs Jahren unter ungeklärten Umständen aus der Schule und tauchte unter analogen Umständen wieder auf. Aus diesem Grund wurde sie anscheinend aus der Schule rausgeschmissen und auch du, ihre beste Freundin und, wie man annehmen darf, engste Vertraute. Ohne voreilige Schlüsse ziehen zu wollen, muß ich doch langsam vermuten, daß beide Rausschmisse miteinander in Beziehung stehen und ganz direkt mit Isabelitas vorübergehendem Verschwinden verknüpft sind. All das ist natürlich ein alter Hut, mit dem man keinen Hund hinter dem Ofen hervorlocken kann, und läßt mich persönlich kalt.

Aber vor wenigen Tagen – ich weiß nicht, vor wie vielen, denn ich habe keinen Überblick mehr, jedenfalls vor wenigen – ist wieder ein Mädchen verschwunden. Die Polizei hat mir die Freiheit in Aussicht gestellt, wenn ich es finde, und das allerdings läßt mich nicht kalt. Du kannst nun sagen, dir sei meine Freiheit völlig egal, und dem habe ich kein Argument entgegenzuhalten, denn so ist das Gesetz des Lebens. Aber ich muß es einfach versuchen. Ich würde an die Wahrheitsliebe und an die Gerechtigkeit und an andere absolute Werte appellieren, wenn diese mein Kompaß wären, aber ich kann nicht lügen, wenn es um Prinzipien geht. Könnte ich es, so wäre ich nicht der Abschaum, der ich mein ganzes Leben lang gewesen bin. Ich komme weder mit einer Nötigung noch mit einem Versprechen zu Ihnen, denn billigerweise kann ich weder mit der einen noch mit dem andern aufwarten, und zudem wäre ein solches Verhalten nahezu lächerlich, wenn nicht überhaupt lächerlich. Ich bitte Sie um Ihre Hilfe, weil das das einzige ist, was ich tun kann, bitten, und weil Sie meine letzte Hoffnung sind. Von Ihrer Gnade hängt der gute Ausgang meiner Bemühungen ab. Mehr werde ich nicht sagen. Außer daß ich wieder ins ›Sie‹ zurückgefallen bin, und zwar mit Absicht, denn die vorgebliche Vertraulichkeit mit Leuten, die aus mehreren Gründen über mir stehen, gibt mir das Gefühl, im Nachteil zu sein.«

»Tut mir leid«, sagte sie mit gerunzelter Stirn, sah mich streng an und atmete heftig, »aber ich lasse mich grundsätzlich nicht mit Gefühlen erpressen. Da gibt es keinen Handel. Es ist halb zwölf. Um zwölf kommt der letzte Zug. Wenn du jetzt gleich gehst, hast du genügend Zeit für den Weg zum Bahnhof. Ich werde dir Geld für die Fahrkarte geben, wenn du's mir nicht übelnimmst.«

»Geld nehme ich nie übel, aber es ist nicht halb zwölf, sondern halb eins. Auf dem Bahnhof habe ich gesehen, wann der letzte Zug geht, und in Voraussicht Ihrer Reaktion die Uhr um eine Stunde zurückgestellt, während Sie in der Küche waren. Es tut mir leid, Ihre Gastfreundschaft mit einer Gemeinheit zu vergelten, aber ich habe Ihnen schon gesagt, daß für mich viel auf dem Spiel steht. Verzeihen Sie.«

Es verstrichen ein paar angstvolle Sekunden, während deren ich fürchtete, sie würde mir irgendeinen Gegenstand auf den Kopf schlagen und mich dann auf die Straße stellen. In ihren Augen sah ich dasselbe etwas kindliche Funkeln der Bewunderung aufleuchten, das mir schon aufgefallen war, als ich ihr die in der Kneipe gestohlene Banknote gegeben hatte. Ich atmete innerlich auf – sie würde keine Vergeltungsmaßnahme ergreifen. Wäre mir gegenwärtig gewesen, daß Merceditas trotz ihrer Forschheit bloß zwanzig zarte Jährchen zählte, hätte ich nicht so große Angst gehabt.

»Ich hasse dich«, sagte sie nur.

Und hätte sich meine Gefühlserfahrung damals nicht auf die paar Mistfinken beschränkt, deren bitteres Vermächtnis das Ödland meines Herzens bestimmte, so hätte ich in diesem Augenblick eine andere, sehr viel berechtigtere Angst verspürt. Aber in dem mir von den Jahren eingeprügelten Buch fehlte das Kapitel der reinen Leidenschaften noch, so daß ich weder auf das achtete, was ich als verdiente Schmähung ansah, noch auf das von Mercedes' beleidigter Stimme ausgelöste Kitzeln in meinem Innern, das ich armer Irrer für eine Folgeerscheinung meines überfressenen Magens hielt.

»Wir nähmen besser das Gespräch dort wieder auf, wo wir es unterbrochen haben«, sagte ich. »Weshalb hat man Sie aus der Schule geschmissen?«

»Weil ich einen Typ umgebracht habe.«

»Wie bitte?«

»Du wolltest doch klare Antworten, oder?«

»Erzählen Sie mir, was geschah.«

»Isabel Peraplana und ich waren Freundinnen, wie du weißt. Sie war das anständige Mädchen und ich der schlechte Einfluß. Außerdem war sie die Dumme und ich die Gerissene, sie die Unschuldige und ich die Frühreife. Ihre Eltern waren reich, meine nicht. Mich hatten sie unter enormen Opfern auf diese Schule geschickt, aber das taten sie natürlich nicht nur meinetwegen – es war ihre Art, die gesellschaftliche Stufenleiter emporzusteigen, zumindest unbewußt. Ich nehme an, auch ich hatte an ihren aristokratischen Träumen teil: Ich lebte im Schatten der Peraplanas, verbrachte mit ihnen den Urlaub, wurde in ihrem Wagen hin und her chauffiert, sie schenkten mir Kleider und anderes... Die übliche Geschichte.«

»Ich höre sie zum erstenmal in meinem Leben«, sagte ich und versuchte, meine kärgliche Vorstellung von Überfluß mit dem Bild einer heranwachsenden Mercedes in Einklang zu bringen, die ich anderseits im Geist nicht von ihren deutlichen Rundungen zu trennen vermochte.

»Dieser Zustand«, erzählte sie weiter, »hinterließ in mir, wie du dir denken kannst, eine narzißtische Wunde, die ich in jener Phase der Persönlichkeitsentwicklung natürlich nur schlecht rationalisieren konnte. Ich meine damit, daß mein Ego traumatisiert sein mußte.«

»Kommen wir bitte zu den Tatsachen.«

»Ich weiß nicht, wann und wie alles begann. Bei irgendeiner Gelegenheit, bei der ich nicht zugegen war, mußte Isabel Peraplana einen Typ kennengelernt haben. Ich weiß auch nicht, was durch ihren Kopf eines verwöhnten Mädchens ging, was sie in ihm sah oder welche tiefliegenden Instinkte er, mit weiß Gott was für Absichten, geweckt hatte. Tatsache ist jedenfalls, daß er sie, wie man gemeinhin sagt, verführte.«

»Er hat mit ihr…?«

»Das hab' ich nicht gesagt«, fiel mir Mercedes ins Wort. »Ich spreche von der Verführung durch die Liebe. Bloße Vermutungen.«

»Weshalb nur Vermutungen? Hat sie Ihnen nichts erzählt?«

»Warum hätte sie mir etwas erzählen sollen?«

»Sie waren ihre beste Freundin.«

»Solche Dinge erzählt man nie seiner besten Freundin, mein Lieber. Wie auch immer, eines Nachts riß Isabel aus der Schule aus, um sich mit ihm zu treffen.«

»Hat sie Sie in ihre Pläne eingeweiht?«

»Nein.«

»Wie wissen Sie dann, daß sie aus der Schule aus-
riß, um sich mit ihm zu treffen?«

»Durch das, was danach geschah. Laß mich sprechen und unterbrich mich nicht immer. Ich sagte,
Isabel riß aus der Schule aus, um sich mit ihm zu
treffen. Aber ich hatte eine Veränderung in ihrem
Verhalten bemerkt und war auf der Hut. Ich überraschte sie bei ihrer Flucht und folgte ihr, ohne daß
sie etwas merkte. Unterbrich mich nicht. Als ich am
Ort des Stelldicheins eintraf, den ausfindig zu machen mir nicht leichtfiel, überraschte ich sie bei einer schrecklichen Szene. Die Details will ich dir
ersparen. Heute erschiene mir dieselbe Szene vielleicht normal, aber damals war ich noch sehr klein,
und die Pyrenäen waren die Pyrenäen. Ich hab' dir
schon gesagt, daß ich mich wegen all der Liebens-
würdigkeiten, die man mir zukommen ließ, in Isabel Peraplanas Schuld fühlte. Vielleicht dachte ich,
es biete sich mir eine Gelegenheit, so einige Gaben
zu erwidern, die ich aufgrund meiner Familienver-
hältnisse nicht anders vergelten konnte. Ohne mich
mit Überlegungen aufzuhalten, ergriff ich ein Messer und stieß es dem verdammten Schurken in den
Rücken. Er war auf der Stelle tot. Nachher wußten
wir nicht, was wir mit der Leiche anfangen sollten.
Isabel war hysterisch und rief ihren Vater an, der
sogleich kam und die Sache in die Hand nahm. Die
Nonnen, beunruhigt über Isabels Verschwinden,
hatten die Polizei benachrichtigt. Peraplana sprach
mit einem gewissen Flores von der politischen Polizei...«

»Von der Kriminalpolizei«, korrigierte ich.

»Die sind alle gleich. Die Polizei zeigte Verständnis. Isabel und ich konnten wegen unseres Alters noch nicht belangt werden, und so erwarteten uns die Besserungsanstalt und ein zerstörtes Leben. Man beschloß, es als Notwehr anzusehen. Isabel wurde von der Schule genommen und, soviel ich weiß, in die Schweiz geschickt, wie das damals üblich war. Mich brachte man hierher. Die Milchzentrale, Eigentum von Peraplana, überwies mir Geld. Später erreichte ich, daß ich auf eigene Rechnung leben und etwas Nützliches tun konnte. Ich wurde Lehrerin. Der Rest tut nichts mehr zur Sache.«

»Was sagten deine Eltern zu alldem?«

»Was sollten sie sagen? Nichts. Es war eine Entscheidung Peraplanas oder der Besserungsanstalt.«

»Kommen sie dich besuchen?«

»Zu Weihnachten und an Ostern. Eine erträgliche Belästigung.«

»Woher hast du all die Bücher?«

»Zuerst sandte sie mir meine Mutter, aber sie kam nie auf eine andere Idee, als den Planeta-Preis zu kaufen. Schließlich habe ich mich an einen Buchhändler in Barcelona gewandt, und der schickt mir Kataloge und liefert meine Bestellungen.«

»Was geschähe, wenn du jetzt nach Barcelona zurückgingst?«

»Ich weiß es nicht und will's auch gar nicht wissen. Das Delikt ist noch nicht verjährt und wird meines Wissens vor Ablauf von vierzehn Jahren auch nicht verjährt sein.«

»Warum bewirkt Peraplanas Hilfe in Barcelona oder Madrid oder sonstwo nichts?«

»Sie bewirkt schon etwas, solange ich mich von allem fernhalte, als wäre ich tot. Ein kleines, vernageltes Dorf. Dieses hier hat noch den zusätzlichen Vorteil der Milchzentrale.«

Die Uhr schlug zwölf.

»Eine letzte Frage. Hatte das Messer einen Holz- oder einen Metallgriff?«

»Was spielt das denn für eine Rolle?«

»Ich möchte es gern wissen.«

»Jetzt ist aber wirklich genug gefragt. Es ist ein Uhr. Gehen wir schlafen.«

»Gehen wir schlafen, aber es ist nicht ein Uhr. Was ich vorhin über die Uhr sagte, stimmt nicht – ich hab's mir ausgedacht, um nicht gehen zu müssen. Ich bitte dich noch einmal um Verzeihung.«

»Was spielt das denn für eine Rolle?« wiederholte sie, ohne klarzumachen, ob sie die Uhr oder noch das Messer meinte. »Du wirst im Zimmer meiner Eltern schlafen, ich meine, im Zimmer, das sie jeweils benutzen, wenn sie kommen. Die Laken werden etwas feucht sein, aber sie sind sauber. Ich gebe dir eine Decke, am Morgen wird es sehr frisch.«

»Kann ich duschen, bevor ich ins Bett gehe?«

»Nein. Von zehn bis sieben ist das Wasser abgestellt. Geduld.«

Wir stiegen einige ausgetretene Stufen hinauf, und sie zeigte mir ein geräumiges Zimmer mit abgeschrägter Decke, wurmstichigen Balken und nackten Steinwänden; in der Mitte stand ein breites

Himmelbett mit Moskitonetz. Aus einem Schrank holte Mercedes Negrer eine graubraune, stark nach Naphthalin riechende Decke. Dann erklärte sie mir, wie die Glühbirne funktionierte, und wünschte mir süße Träume, bevor sie sich zurückzog und die Tür schloß. Ich hörte, wie ihre Schritte sich entfernten, eine andere Tür sich öffnete und wieder schloß und ein Riegel vorgeschoben wurde. Ich war müde. Ich legte mich ins Bett, ohne mich auszuziehen, löschte das Licht, wie man mir's gezeigt hatte, und blieb liegen wie ein Klotz, während ich versuchte, für die Lügen, die mir diese seltsame Frau soeben haufenweise aufgetischt hatte, eine Erklärung zu finden.

11. Kapitel

Die verhexte Krypta

Ich wurde von einem Geräusch geweckt und wußte nicht, wo ich mich befand und was ich da tat: die Angsttentakel lähmten meinen Verstand. Blindlings und eher instinktiv als aus sonst einem Grund fingerte ich an der vom Betthimmel hängenden Birne, blieb aber in vollkommene Dunkelheit gehüllt. Vielleicht gab es keinen Strom, vielleicht war ich auch blind geworden. Kalter Schweiß strömte mir über den Körper, als duschte ich mich von innen heraus, und wie immer, wenn mich Panik packt, verspürte ich eine unbezähmbare Lust, mich zu entleeren. Ich spitzte die Ohren und vernahm Schritte im Flur. Die Ereignisse vom Vorabend, die mich noch gefangenhielten, begannen eine neue, bedrohliche Gestalt anzunehmen: das Essen zweifellos vergiftet, das Gespräch bloß angezettelt, um mir Vertrauen einzuflößen und mich zu einer um so leichteren Beute zu machen, das Zimmer eine Mausefalle mit den ausgeklügeltsten Fang- und Foltervorrichtungen. Und nun der endgültige Schlag: leise Schritte, ein Keulenhieb, ein Dolch, die Zerstückelung, die Beerdigung meiner kläglichen Überreste im Schatten der verborgensten Weiden am Ufer des brausenden Flusses, die gefräßigen Würmer, das Vergessen, das schwarze Loch des Nichtvorhandenseins. Wer hatte den Plan ausgeheckt, mich umzubringen? Wer hatte das Netz gesponnen, in dem ich wie ein wildes Tierchen zappelte? Wem würde die Hand gehören, die mich opfern sollte? Mercedes Negrer selbst? Dem brünstigen Pepsi-Cola-Verkäufer? Den hyperbegabten Schwarzen? Den Melkern der Milchzentrale? Nur Ruhe. Ich durfte mich nicht von Angstvorstellungen fortreißen lassen, die durch das Geschehene noch keineswegs gerechtfertigt waren, ich durfte nicht zulassen, daß der Argwohn die Kommunikationswege abschnitt, wie mir auch Doktor Sugrañes in der Therapie so oft eingeschärft hatte. Dein Nächster ist gut, sagte ich mir, niemand will dir übel, es gibt nicht den geringsten Grund, dich zu zerstückeln, du hast nichts getan, was die Leute um dich herum in Zorn bringen könnte, auch wenn sie scheinbar diesen Eindruck erwecken. Nur Ruhe. Alles hat eine ganz einfache Erklärung: ein seltsamer Vorgang in der Kindheit, die Projektion deiner eigenen Obsessionen. Nur Ruhe. In wenigen Sekunden wird sich die Unbekannte bestimmen, und du wirst über deine kindlichen Ängste lachen können. Fünf Jahre bist du nun schon in psychiatrischer Behandlung, und dein Geist ist keine abdriftende Nußschale auf dem stürmischen Meer der Delirien mehr wie früher, als du Hornochse glaubtest, Phobien seien diese stillen und besonders stinkenden Winde, wie sie unzivilisierte Menschen in den überfüllten öffentlichen Verkehrsmitteln fahrenlassen. Agoraphobie: Angst vor weiten Räumen; Klaustrophobie: Angst vor geschlossenen Räumen wie Sarkophagen und Ameisenhaufen. Nur Ruhe, Ruhe.

Und während ich mich bei diesen stärkenden Gedanken allmählich beruhigte, versuchte ich aus dem Bett zu steigen, und dabei fiel etwas wie ein kaltes, schweres Spinnennetz auf mich und gestattete mir keine Bewegung mehr auf den Laken, und ganz deutlich vernahm ich das Geräusch einer sich drehenden Türklinke und das Quietschen der Angeln und gedämpfte Schritte, die ins Zimmer kamen, und das stockende Keuchen wie von jemand, der sich anschickt, das entsetzlichste aller Verbrechen zu begehen. Und da ich die mich in Bann schlagende Angst nicht mehr aushielt, pinkelte ich mir in die Hose und begann ganz leise nach meiner Mama zu rufen, in der albernen Hoffnung, sie höre mich im Jenseits und komme mir auf der Schwelle zum Schattenreich entgegen, denn neue Umgebungen schüchtern mich ein.

Und in diesem Moment vernahm ich neben mir eine Stimme:

»He, du, schläfst du?« Ich erkannte Mercedes Negrers Stimme und wollte antworten, was mir aber nicht glückte – meiner Kehle entrang sich nur ein jämmerliches Murmeln, das allmählich zu einem Heulen anschwoll. Eine Hand legte sich auf meine Schulter.

»Was machst du denn da im Moskitonetz?«

»Ich sehe nichts«, brachte ich schließlich heraus. »Ich glaube, ich bin blind.«

»Nein, keine Spur, nur ein Stromausfall. Ich habe einen Kerzenhalter mitgebracht, aber ich finde die Streichhölzer nicht. Mein Vater hat immer eine Reserveschachtel im Nachttisch, damit er nach dem

Erwachen rauchen kann, obwohl's ihm der Arzt verboten hat.«

Neben mir wurde eine Schublade aufgezogen, in deren Inhalt zwei Hände wühlten. Ein Raspeln und ein Sprühen war zu hören, und dann leuchtete ein flackerndes Flämmchen auf, das, an den Docht einer Kerze gehalten, eine unruhige Helligkeit verbreitete, dank der ich durch das Gewebe des Moskitonetzes hindurch Mercedes' ruhiges Gesicht und zwei rasch blinzelnde Augen erkennen konnte. Sie trug ein Flanellhemd mit Schottenkaros, das einem wesentlich größeren Mann gehört haben mußte und unter dessen Saum, dem des Hemds, schlanke, sehr lange Oberschenkel hervorschauten. Als sie sich über mich beugte, um mich vom Moskitonetz zu befreien, sah ich, daß sie unter dem Hemd einen knappen blauen Slip trug, der nicht so dicht war, daß ich nicht ein dunkles zerzaustes Dreieck und auf der Hinterseite die Ansätze eines Gesäßes hätte erkennen können, das so zusammengepreßt war wie die Faust eines Arbeiters bei einer Versammlung. Das Hemd trug sie nicht völlig zugeknöpft, und so erblickte ich, als es auseinanderklaffte, samtene, lauwarm-süßsauer duftende Blässen.

»Ich habe dich im Traum sprechen hören«, sagte sie und fügte ohne große Logik hinzu: »Auch ich habe nicht schlafen können. Hast du dich naß gemacht?«

»Ich habe gestern abend zuviel gegessen«, sagte ich zur Entschuldigung – ich verging beinahe vor Scham.

»Das ist uns allen schon passiert, mach dir keine

Gedanken. Möchtest du weiterschlafen oder lieber reden?«

»Lieber reden, wenn du mir versprichst, mich nicht weiter anzuschwindeln.«

Sie lachte traurig.

»Ich habe dir die offizielle Version der Ereignisse erzählt, die mir nie sehr glaubhaft erschien. Wie hast du's gemerkt?«

»Die ganze Geschichte war ein einziger Haufen von Ungereimtheiten, und nicht die geringste davon war, daß eine verschreckte Jugendliche rücklings einen Mann erdolcht und so seinen sofortigen Tod herbeigeführt haben will. Ich habe niemals jemanden umgebracht, aber auf dem Gebiet der Gewalttätigkeiten bin ich kein Laie. Von vorn mag sich etwas so abspielen, aber niemals von hinten.«

Sie setzte sich auf den Bettrand, und ich hockte mich aufs Kopfkissen, den Rücken an die hölzerne Bettstatt gelehnt, die unter meinem Gewicht knarrte. Sie zog die Knie an, bis sie das Kinn auf ihnen abstützen konnte, und umschlang mit den Armen die Knöchel – eine Vorstellung von Behaglichkeit, die ich persönlich nicht teilte.

»Der Hintergrund«, begann sie, »bleibt sich gleich: das arme, aufgeweckte Mädchen und das reiche, reichlich einfältige Mädchen. Und auch das Trauma…«

»Was geschah in der Nacht, in der Isabelita verschwand?«

»Wir schliefen in einem Gemeinschaftsschlafsaal, und unsere Betten standen nebeneinander. Ich litt an Schlaflosigkeit, was ich heute auf die Glut der jungen Jahre zurückführe und damals auf irgend etwas anderes. Ich hörte Isabel im Traum murmeln und versenkte mich eingehend und in Ruhe in ihre makellosen Züge, ihr goldenes Haar, den auf ihren Schläfen perlenden Schweiß und die undeutlichen Formen, die ihr Körper allmählich annahm... Hast du das Gefühl, ich mache Literatur?«

Ich erwiderte nichts, um nicht etwas zu sagen, was den Lauf ihrer Gedanken hätte aufhalten können, denn ich weiß, daß niemand so sehr abschweift wie jemand, der sich darauf vorbereitet, ein Geständnis abzulegen, und beschloß, mich mit Geduld zu wappnen.

»Nach einer Weile«, erzählte sie weiter, »stand Isabel auf. Ich merkte, daß sie noch immer schlief, und dachte, sie leide an Somnambulismus. Sie lief durch den Gang zwischen den Betten im Schlafsaal geradewegs auf die Tür zu. Ich stand ebenfalls auf und ging ihr nach, weil ich befürchtete, sie könnte sich irgendwo stoßen. Die Tür zum Schlafsaal war immer verriegelt, weshalb es mich überraschte, daß Isabel sie weit öffnete, als sie dort ankam. Alles lag im Dunkeln, und ich konnte nur auf der andern Seite der Tür, auf dem Gang vom Schlafsaal zum Badezimmer, einen Schatten ausmachen.

»Mann oder Frau?«

»Mann, wenn Hosen für dieses Geschlecht kennzeichnend sind. Ich hab' dir schon gesagt, daß alles dunkel war.«

»Weiter.«

»Geführt vom Schatten, der die Tür geöffnet hatte, ging Isabel ins Badezimmer. Dort befahl ihr der Schatten zu warten, kehrte zurück und schloß die Schlafsaaltür wieder. Doch in der Zwischenzeit war ich schon hinausgeschlüpft und versteckte mich in einem Winkel, fest entschlossen, das Abenteuer bis zum Ende mitzuverfolgen.«

»Eine Erläuterung: Wird die Schlafsaaltür mit einem Riegel oder mit einem Schlüssel abgeschlossen?«

»Mit einem Schlüssel. Damals war es wenigstens so.«

»Und wer verwahrte den Schlüssel?«

»Die Nonnen natürlich. Die Aufseherin hatte einen und die Superiorin einen zweiten, soviel ich weiß. Aber ich glaube, es war nicht schwer, sich eine Kopie zu verschaffen. Obwohl es im Internat streng zu- und herging, waren wir Schülerinnen folgsam, so daß keine übertriebenen Vorsichtsmaßnahmen nötig waren. Du darfst eine Schule nicht mit einem Gefängnis verwechseln.«

»Noch eine Frage: Was geschah, wenn eine Schülerin um Mitternacht ein dringendes Bedürfnis hatte?«

»Am andern Ende des Schlafsaals gab es einen Abort und ein Waschbecken, nicht hinter einer Tür, sondern hinter einem Cretonnevorhang, damit sich niemand einschließen und etwas Unanständiges tun konnte.

Nun gut. Im Badezimmer befand sich kein Mensch, und wie ich hindurchging, spürte ich an den Füßen die feuchtkühlen Fliesen, denn ich war barfuß, wie Isabel auch. Dadurch wurde ich auf das Schuhwerk des geheimnisvollen Begleiters meiner

Freundin aufmerksam und sah, daß er leichte Segeltuchschuhe mit Kautschuksohlen trug, die wir damals Wambas nannten, weil das die bekannteste Marke war. Sie waren billig und hielten recht lange, nicht wie das Zeug, das man heute macht und das überhaupt nichts taugt.

Am andern Ende des Badezimmers befand sich eine weitere Tür, die zu einer Treppe führte, über welche man in den Kapellenvorraum gelangte. Wenn wir Mädchen, schon angekleidet, jeweils aus dem Bad kamen, hatten wir in diesem Vorraum anzutreten, um uns von der Aufseherin kontrollieren zu lassen. Ich brauche nicht zu erwähnen, daß Vorraum und Kapelle zu dieser Zeit ebenso verlassen waren wie das Badezimmer. Isabels geheimnisvoller Begleiter leuchtete mit einer Taschenlampe. Ich hatte überhaupt keine Schwierigkeiten, ihnen in einigem Abstand zu folgen, denn mit den Jahren hatte ich den Weg auswendig gelernt und konnte ihn blind zurücklegen.

Als ich in die Kapelle kam, sah ich sie hinter dem Hochaltar verschwinden, dem mit der Jungfrau. Ich wollte eine Weile warten, bis sie wieder erschienen, weil ich wußte, daß es hinter dem Altar keine Tür gab, doch als sie nicht wiederkamen, trat ich vorsichtig näher und stellte fest, daß sie verschwunden waren. Ich kam schnell drauf, daß sie einen Geheimgang benutzt haben mußten, und begann ihn zu suchen, indem ich mich über die abergläubische Angst hinwegsetzte, die mich schon jetzt beschlich. Im schwachen, durch die Kapellenfenster sickernden Mondschein und nach einigen Minuten intensiven Suchens entdeckte ich auf dem Apsisboden vier Steinplatten, die, nach den lateinischen Inschriften und den eingearbeiteten Totenschädeln zu urteilen, die sterblichen Überreste ebenso vieler Seligen enthielten. Eine der Platten wies seltsamerweise in den Ritzen keine Staubreste auf und auch keinen Rost an dem schweren Ring, der aus dem Stein ragte, genau zwischen dem lächelnden Kinn des Schädels und der Inschrift HIC IACET V. H. H. HAEC OLIM MEMINISSE IUVABIT. Ich faßte mir ein Herz, packte den Ring und zog mit all meinen Kräften daran. Die Platte bewegte sich und sprang nach mehreren Versuchen aus der Einfassung. Ich stand vor einer schwarzen Treppe und stieg zitternd hinunter. An ihrem Fuß tat sich ein finsterer Gang auf, dem ich tastend folgte, bis mir eine seitliche Öffnung zeigte, daß ein weiterer Gang den ersten kreuzte. Ich wußte nicht, welchen Weg ich nun nehmen sollte, und entschied mich für den zweiten, weil ich dachte, ich könnte immer noch auf den ersten Gang zurückkehren. Nach einer Weile zweigte ein dritter Gang vom zweiten ab, und das Blut gefror mir in den Adern, denn nun ging mir auf, daß ich mich, allein und im Dunkeln, in einem Labyrinth befand, in welchem ich zugrunde ginge, wenn ich nicht rasch den Ausweg fände. Die Angst mußte mich betäubt haben, denn als ich zurückgehen wollte, um die ins falsche Grab führende Treppe zu suchen, schlug ich den verkehrten Weg ein. Die Abzweigungen folgten sich, ohne daß die verflixte Treppe erschien. Ich verfluchte meine Tollkühnheit, und die düstersten Vorahnungen stürmten auf mich ein. Wahrscheinlich begann ich zu weinen. Nach einer Weile marschierte ich wieder los und vertraute auf den Zufall, der mich schon auf den richtigen Weg führen würde. Natürlich hatte ich jede Vorstellung von Zeit und zurückgelegter Strecke verloren.«

»Bist du denn nicht auf den Gedanken gekommen, um Hilfe zu rufen?«

»Doch, natürlich. Ich schrie aus voller Kehle, aber die Wände waren massiv, und als einzige Antwort hörte ich ein spöttisches Echo. In letzter Verzweiflung ging ich immer weiter, bis ich, schon am Ende meiner Kräfte, zuhinterst in dem Gang, in dem ich mich befand, einen undeutlichen Schein erblickte. Der Wind heulte, und ein süßlicher Duft wie von Weihrauch und welken Blumen lag in der stickig wirkenden Luft. Zu einem guten Teil, wenn auch nur sehr langsam, hatte ich die mich von diesem Licht trennende Distanz schon zurückgelegt, als eine gespenstische und, wie mir schien, riesenhafte Gestalt vor mir auftauchte. Ich hatte schon so viele Aufregungen angesammelt, daß ich ohnmächtig wurde. Dann glaubte ich wieder zu Bewußtsein zu kommen, aber das konnte nicht sein, denn ich sah mich einer gewaltigen, etwa zwei Meter großen und entsprechend dicken Fliege gegenüber, die mich aus schrecklichen Augen ansah und sich anschickte, ihren widerlichen Rüssel an meinen Hals zu setzen. Ich wollte schreien, brachte aber keinen Laut heraus. Wieder fiel ich in Ohnmacht. Ich erwachte in einem gewölbten, vom grünlichen Licht, das ich eben beschrieben habe, schwach erleuchteten Raum und spürte, wie eine Hand meine Wange streichelte und Haare mich auf der Stirn kitzelten. Wieder rang ich nach einem Schrei, weil ich dachte, es sei die Fliege, die mich da mit ihren ekligen Beinen berührte. Aber sogleich merkte ich, daß mich niemand anders als Isabel liebkoste, deren blonde Haare mir über die Stirn strichen. Noch bevor ich eine Erklärung verlangen konnte, hielt sie mir die Hand auf den Mund und flüsterte mir ins Ohr:

›Ich wußte, daß ich mich auf deine Zuneigung würde verlassen können. Soviel Mut und Treue wird nicht unbelohnt bleiben.‹

Und sie nahm die Hand von meinem Mund und drückte ihre feucht glühenden Lippen darauf, während ihr wie in der Luft ruhender Körper auf meinen fiel, so daß ich durch den dünnen Stoff des ihn umhüllenden Nachthemds ihre unregelmäßigen Herzschläge und die glühende Hitze spüren konnte, die ihren göttlichen Formen entströmte. Weshalb sollte ich den wilden Taumel verheimlichen, der mich überfiel? Wir verschmolzen in einer fiebrigen Umarmung, die so lange anhielt, bis meine zitternden Finger und mein nach Wollust dürstender Mund...«

»Momentchen, Momentchen«, sagte ich, etwas überrascht von der unerwarteten Wendung der Erzählung. »Das war nicht im Programm.«

»Komm, komm, mein Lieber«, sagte sie mit einer ungeduldigen Gebärde, als halte sie die Unterbrechung für deplaziert, »spiel nicht den Bornierten. Schon möglich, daß zwischen mir und Isabel etwas mehr gewesen ist als nur eine Schulfreundschaft. In diesem Alter und in einem Internat sind sapphische Tendenzen nicht selten. Wenn du Isabel gesehen hast, wirst du wissen, daß sie aussieht wie die Erzengel auf den Heiligenbildchen. Aber vielleicht hat sie davon etwas eingebüßt, ich hab' sie seit damals nie mehr gesehen. Zu jener Zeit zumindest war sie ein Zuckerstengel.«

Bei dieser in einer Zeit der entmystifizierten Sexualität schon anachronistischen Bezeichnung mußte ich lächeln. Das deutete sie falsch und protestierte:

»Glaub nicht, ich sei eine verkappte Lesbe. Wäre ich's, so würde ich es sagen. Alles, was ich dir da erzähle, geschah vor vielen Jahren. Wir waren halbwüchsige Mädchen und flatterten im Zwielicht des erotischen Erwachens herum. Meine heutige Neigung zu den Männern ist über allen Verdacht erhaben. Du kannst dich im Dorf erkundigen.«

»Schon gut, schon gut. Bitte fahr fort.«

»Wie gesagt, wir waren gerade bei diesem angenehmen Zeitvertreib, als ich bemerkte, daß meine Hände voller Blut waren und daß dieses Blut von Isabels Körper stammte. Ich fragte sie, woher es komme, und sie ergriff wortlos meine Hand, um mir aufzuhelfen, was ziemlich mühsam war. Als ich endlich stand, führte sie mich zu einem Tisch hinten in der Krypta, auf dem ein nicht schlecht aussehender junger Mann lag, der dieselben Wambas trug, die ich im dunklen Bad gesehen hatte, und der allem Anschein nach tot war, denn er bewegte sich nicht, und aus der Brust ragte ihm auf Herzhöhe ein Dolch. Entsetzt wandte ich mich zu Isabel um und fragte, was geschehen sei. Sie zuckte mit den Schultern und sagte:

›Wollen wir uns nun wegen dieser Lappalie streiten, wo wir's doch gerade so gut hatten? Ich mußte es tun.‹

›Warum? Ist er zu weit gegangen?‹

›Nein.‹ Isabel schnitt ihr Verwöhntes-Mädchen-Gesicht, wie immer, wenn man sie tadelte. ›Ich bin eben die Bienenkönigin.‹

Damit hatte sie nicht unrecht, zumindest unter symbolischem Gesichtspunkt, ist doch wissenschaftlich nicht erwiesen, daß die Bienen tatsächlich ihre Drohnen fertigmachen, nachdem sie befruchtet worden sind. Aber irgend etwas ist schon dran an der Gottesanbeterin und an einigen Hautflüglerarten in Mittelamerika, bei denen die Palpen der weiblichen Exemplare eine Substanz absondern...«

Ich sah mich genötigt, den Exkurs Mercedes Negrers erneut zu unterbrechen, die anscheinend von allem ein bißchen etwas wußte, und forderte sie auf, weiterzuerzählen, was in der Krypta geschah, nachdem die Leiche entdeckt worden war.

»Ich wußte nicht, was tun, denn ich war sehr verwirrt, und Isabel schien nicht in der Lage, mich zu unterstützen. Aber es war mir klar, daß ich irgendeine Maßnahme ergreifen mußte, um meiner Freundin aus dieser Patsche zu helfen – es kam auf keinen Fall in Frage, daß man uns hier fand und daß sie für den Rest ihres Lebens ins Gefängnis wanderte. Nach meiner Vermutung mußte es in der Außenwelt schon Tag werden, und uns blieb nicht sehr viel Zeit, in den Schlafsaal zurückzukehren. Was das Praktische betraf, so kümmerte mich die Leiche nicht groß, da die Nonnen den zur Krypta führenden Gang wohl nur schwerlich entdecken würden, und selbst bei dieser unwahrscheinlichen Möglichkeit würden sie den Mord kaum mit Isabel in Verbindung bringen, wenn es uns gelänge, vor dem Klingeln des Weckers wieder in den Schlafsaal zu kommen. Das größte Problem bestand darin, durch ein Labyrinth, dessen Anlage ich nicht kannte, dorthin zurückzufinden.

Mitten in diesen Überlegungen hörte ich in meinem Rücken ein trockenes Geräusch wie von etwas Zerbrechendem und drehte mich gerade noch rechtzeitig um, daß ich Isabel festhalten konnte, die, wachsbleich, zusammenbrach.

›Was ist mit dir?‹ fragte ich ängstlich. ›Was war das für ein Geräusch?‹

›Man hat mir mein armes Glasherzchen gebrochen‹, sagte sie und hing leblos in meinen Armen. Wieder heulte der Wind in der Krypta, und ich spürte meine Kräfte schwinden. Ein dumpfes Brummen machte mich auf die Gegenwart der Fliege aufmerksam. Ich versuchte Isabel zu beschützen, wir fielen zu Boden, und ich verlor das Bewußtsein.

Die Klingel im Schlafsaal weckte mich. Ich lag in meinem Bett, und ein allzeit diensteifriges Mädchen der dritten Klasse schüttelte mich.

›Beeil dich‹, sagte sie, ›sonst kommst du zu spät zur Kontrolle. Wie viele Strafpunkte hast du diesen Monat schon?‹

›Zwei‹, sagte ich mechanisch.

Drei Strafpunkte waren ein Verweis, drei Verweise eine Warnung, zwei Warnungen eine Rüge, drei Rügen eine Null in Betragen.

›Ich hab' noch keinen‹, brüstete sich die dumme Kuh aus der Dritten.

Ein ganzes Quartal ohne Strafpunkte berechtigte zum Fleißkranz, zwei Kränze in einem Jahr zum Sankt-Josephs-Band, drei Bänder beim Abitur zum Titel… Aber vielleicht gehört das alles gar nicht hierher.

Jedenfalls glaubte ich aus einem entsetzlichen Alptraum zu erwachen. In einem ersten Impuls schaute ich nach Isabels Bett – es war zerwühlt und leer. Ich dachte, sie sei vor mir aufgewacht und schon ins Bad gegangen. Doch dem war nicht so. Bei der Kontrolle entdeckte man ihr Fehlen, und wir wurden mit Fragen gelöchert. Ich sagte kein Wort. Etwa um zehn Uhr vormittags erschien ein gewisser Flores von der politischen Polizei.«

»Ja, das wissen wir jetzt!« Ich konnte mich nicht beherrschen.

»Er verhörte uns ohne allzu großen Enthusiasmus und ging wieder«, fuhr Mercedes fort, die wie alle Besserwisser nie auf Zurechtweisungen achtete. »Auch da sagte ich keinen Pieps. Ich war so erschöpft, daß ich in der kommenden Nacht tief schlief, obwohl es wegen der Alpträume kein erquickender Schlaf war. Ich erwachte beim Klingeln der Glocke und glaubte verrückt zu werden, als ich sah, daß sich im Bett neben mir Isabel rekelte. Im ganzen Durcheinander war es mir nicht möglich, auch nur ein einziges Wort mit ihr zu wechseln, aber weder ihr Verhalten noch ihr Ausdruck ließen darauf schließen, daß sie irgendeine Veränderung durchgemacht hatte – sie war so frostig und schal wie immer. Wieder dachte ich, alles müsse wohl doch ein schlechter Traum gewesen sein, und hatte mich davon schon beinahe selbst überzeugt, als mich die Superiorin durch die Aufseherin zu sich ins Büro rief. Mehr tot als lebendig ging ich hin und sah beim Eintreten, daß außer der Superiorin auch noch meine Eltern, Inspektor Flores und Señor Peraplana, Isabels Vater, dort waren. Meine Mutter weinte tief betrübt, und mein Vater schaute starr auf seine Schuhe, als laste eine grenzenlose Schmach auf ihm. Man hieß mich Platz nehmen, die Tür wurde geschlossen, und der Inspektor sagte:

›Vorgestern nacht ereignete sich in dieser Institution, die allein aufgrund der Tatsache, daß sie es ist, allen Respekt verdient, ein Vorfall, für den unser Strafgesetzbuch einen prägnanten Namen bereithält – nebenbei gesagt denselben, den ihm auch das Wörterbuch der Königlichen Spanischen Akademie gibt. Ich, der ich die Gewalt mißbillige und aus diesem Grund den Polizistenberuf ergriffen habe, fühle mich bekümmert, und wäre da nicht der magere Lohn, den ich bekomme, so würde ich meine Koffer packen und in Deutschland Arbeit suchen. Weißt du, wovon ich spreche, Mädchen?‹

Ich wußte keine Antwort und brach in Tränen aus. Die Superiorin ließ mit geschlossenen Augen die Kugeln ihres Rosenkranzes durch die Finger gleiten, und mein Vater klopfte in einem vergeblichen Versuch, sie zu trösten, meiner Mutter auf die Schulter. Der Inspektor zog ein Bündel aus der Tasche seines Regenmantels und schlug es feierlich auseinander, so daß der blutige Dolch zum Vorschein kam, den ich in der Krypta aus dem Körper des Verstorbenen hatte ragen sehen. Er fragte mich, ob ich die todbringende Waffe schon einmal gesehen habe. Ich bejahte. Wo? In der Brust eines Herrn steckend. Aus den Tiefen des Regenmantels erschienen darauf zwei alte Wambas. Ob ich sie wiedererkenne? Auch das bejahte ich. Man befahl mir, die Taschen meiner Uniform zu leeren, und zu meiner großen Überraschung zog ich – neben anderen Dingen wie einem Bleistiftspitzer, einem ziemlich schmutzigen Taschentuch, zwei Joghurtgummis für die Zöpfe und einem Spickzettel mit den Werken Lope de Vegas – ein Duplikat des Schlafsaalschlüssels hervor. Ich begriff, daß man den Mord mir anlastete, den Isabel begangen hatte, und daß der einzige sich anbietende Ausweg war, die Wahrheit zu erzählen und den Toten im wahrsten Sinn des Wortes ihr aufzubürden. Aber natürlich erlaubten es mir meine Gefühle nicht, so zu handeln. Die Wahrheit zu enthüllen hätte außerdem bedeutet, auch die Umstände zu enthüllen, unter denen ich sie entdeckt hatte. Wollte ich nicht Isabels und mein Leben ruinieren, so durfte nichts von alledem, was in dieser Nacht geschehen war, bekannt werden, soviel war mir klar. Aber würde meine Selbstlosigkeit so weit gehen, daß ich es sogar in Kauf nähme, in der Gaskammer zu enden?«

»In Spanien gibt es keine Gaskammern«, bemerkte ich. »Und wenn du's ganz genau wissen willst: in den Vorstadtvierteln haben wir nicht einmal Gas.«

»Würdest du mich bitte nicht unterbrechen?« sagte Mercedes, offensichtlich irritiert, weil sie meine Bemerkung nur als Extempore in dem Drama betrachtete, das sie gerade inszenierte.

»›Die von unserer Gesetzgebung für diese Art Taten vorgesehene Strafe‹, sprach der Inspektor weiter, ›ist die härteste, die man sich überhaupt vorstellen kann. Aber…‹ – er machte eine Pause –, ›…aber in Anbetracht deines jungen Alters, des psychischen Durcheinanders, das die Frauen in gewissen Lebensperioden plagt, und der Fürsprache dieser gütigen Mutter‹ – er zeigte mit dem Daumen auf die Superiorin, ohne allzuviel Respekt zu bezeugen – ›bin ich bereit, nicht so zu handeln, wie es meine Stellung als Diener des Volkes eigentlich verlangt. In rechtlichen Begriffen gesprochen, heißt das, daß es weder ein Protokoll geben wird noch ein Ermittlungsverfahren. Wir werden uns einen Prozeß ersparen, dessen Beweise, Verhandlungen, Plädoyers, Anträge und Schlußanträge, Urteile und Rechtsmittel zwangsläufig schmerzlich und ein bißchen pikant ausfallen dürften. Anderseits wird man natürlich gewisse Maßnahmen ergreifen müssen, und zu denen haben deine Eltern hier schon ihre Zustimmung gegeben. Für die dazu getroffenen Anordnungen hast du Señor Peraplana, ebenfalls zugegen, zu danken, der sich zur Mitarbeit bereit erklärt hat, weil seine Tochter dir eine Zuneigung entgegenbringt, die er als gegenseitig einschätzt, und aus andern Gründen, die mir darzulegen er nicht für nötig erachtet hat und die mich auch nicht interessieren.‹

Die Anordnungen, auf die der Inspektor anspielte, waren keine andern als mein Exil, dem ich angesichts der Alternative erleichtert zustimmte. So kam ich in dieses Dorf, und hier bin ich. Die ersten drei Jahre verbrachte ich bei einem alten Ehepaar, las und wurde dick und fett. Die Milchzentrale gab ihnen monatlich eine Pauschale für meinen Unterhalt. Nach langem Kämpfen setzte ich schließlich durch, daß ich unabhängig werden durfte: Ich ernannte mich selbst zur Dorfschullehrerin, indem ich von einer offenen Stelle profitierte, die niemand besetzen wollte, sehr zu Recht übrigens. Dann habe ich dieses Haus gemietet. Ich lebe nicht schlecht. Die Erinnerungen sind allmählich etwas verblaßt. Manchmal wünschte ich, mein Schicksal sähe anders aus, aber die Melancholie geht schnell vorüber. Die Luft ist gesund, und ich habe viel Zeit. Und was andere Bedürfnisse betrifft, so tue ich, wie gestern schon gesagt, was ich kann, und das ist manchmal nicht viel und manchmal genug.«

Mercedes verstummte, und das nun folgende Schweigen wurde nur vom Schrei eines Hahns unterbrochen, der den neuen Tag ankündigte. Beim Berühren stellte ich fest, daß sich die Feuchtigkeit in den Laken verflüchtigt hatte. Ich war durstig und müde und hatte ein regelrechtes Durcheinander im Kopf. Für eine Pepsi-Cola hätte ich alles gegeben.

»Was denkst du?« fragte sie mit seltsamer Stimme.

»Nichts«, antwortete ich blöde. »Und du?«

»Wie seltsam das Leben ist. Sechs Jahre hüte ich nun dieses Geheimnis, und jetzt hab' ich's soeben einem stinkigen Halunken erzählt, dessen Namen ich nicht einmal kenne.«

12. Kapitel

Bekenntnishaftes Zwischenspiel:
Was ich dachte

»Es ist schon merkwürdig«, sagte ich, »wie im Schiffbruch unserer Existenz nur gerade die Erinnerung überlebt, wie die Vergangenheit in der Höhle unserer Heldentaten Stalaktiten austropfen läßt, wie die Palisade unserer Gewißheiten unter der leichten Brise einer Sehnsucht einstürzt. Ich wurde in eine Zeit hineingeboren, die mir im nachhinein traurig erscheint. Aber ich will daraus keine große Geschichte machen – möglicherweise ist jede Kindheit bitter. Das langsame Vergehen der Stunden war mein lakonischer Spielgefährte, und jeder Abend brachte einen traurigen Abschied mit sich. Ich erinnere mich, daß ich in jenem Lebensabschnitt freudig die Zeit über Bord warf, weil ich hoffte, die Erdkugel würde auf- und davonfliegen und mich in eine bessere Zukunft tragen. Eine verrückte Sehnsucht, denn wir werden immer sein, was wir schon waren.

Mein Vater war ein guter, fleißiger Mann, der den Unterhalt seiner Familie damit bestritt, daß er aus alten Brennstoffbüchsen Klistierspritzen herstellte, was ihm ermöglicht wurde durch die damals ausgiebige Verwendung eines modischen Erzeugnisses namens Petromax, das heute zum Glück durch die reichlich vorhandene elektrische Energie verdrängt ist. Schweizerische Pharmazeutiklabors, die sich unter der Protektion des Stabilisierungsplans in Spanien niedergelassen hatten, setzten diesem Geschäft ein Ende. Papas Schicksal war wetterwendisch. Aus dem brudermörderischen Bürgerkrieg von 1936–39 kam er verstümmelt zurück, nachdem er auf beiden Seiten Kämpfer und Gefangener gewesen war, was ihm nur ein bürokratisches Hin und Her, aber keinerlei Belohnung oder Strafe eintrug. Eigensinnig verschmähte er die wenigen ihm von der Fügung bescherten Chancen, ließ sich aber blind auf jedes Blendwerk ein, das ihm der Teufel vor die Füße zu legen beliebte. Wir waren nie reich, und die geringen Ersparnisse, die wir anlegen konnten, verspielte Papa mit Wetteinsätzen bei den Filzlausrennen, die jeweils am Samstagabend in der Kneipe des Viertels veranstaltet wurden. Uns gegenüber hegte er eine possessive Abneigung; seine vorsichtigen Zärtlichkeitsbezeugungen waren erst nach Ablauf vieler Jahre als solche erkennbar; seine Zorneskundgebungen dagegen waren eindeutig und verlangten nie nach einer Interpretation.

Mit Mama war alles ganz anders. Sie war uns in echter, absoluter und destruktiver Mutterliebe zugetan. Immer glaubte sie daran, daß aus mir etwas würde; immer war sie sich bewußt, daß ich zu nichts taugte; von allem Anfang an gab sie mir zu verstehen, sie vergebe mir im voraus den Verrat, zu dessen Opfer ich sie ihrer Meinung nach früher oder später machen würde. Jener Skandal mit den gelähmten Kindern und dem eucharistischen Kongreß, woran du dich wahrscheinlich nicht erinnerst, da du damals noch sehr klein gewesen sein dürftest, falls du überhaupt schon geboren warst, brachte sie ins Frauengefängnis auf dem Montjuich. Mein Vater war der Überzeugung, diese ganze Intrige sei einzig und allein angezettelt worden, um ihn zu ärgern. Sonntags besuchten meine Schwester und ich Mama im Gefängnissprechzimmer und brachten ihr heimlich das Morphium, ohne das sie die Gefangenschaft nicht hätte heiter ertragen können. Meine Mutter war eine aktive Person und jahrelang als Putzfrau tätig gewesen, wie das Volk den temporären Einsatz im Haushalt nennt, obwohl diese Beschäftigung immer nur von kurzer Dauer war, da sie den unkontrollierbaren Drang verspürte, die auffälligsten Dinge wie Wanduhren, Klubsessel und einmal sogar ein Kind zu entwenden. Dabei hatte sie aber dennoch immer genug Haushalte zu betreuen, denn die Nachfrage war damals – und ist, soviel ich höre, auch heute – viel größer als das Angebot, und die faulen Leute sind bereit, alles hinzunehmen, wenn sie dafür nur wenig tun müssen.

Daß Mama fehlte und Papa uns verlassen hatte, führte dazu, daß sowohl meine Schwester wie auch ich uns schon sehr früh allein durchschlagen mußten. Meine Schwester, die Ärmste, war nie sehr pfiffig, und so mußte eben ich um sie besorgt sein, ihr beibringen, wie sie etwas Geld verdienen konnte, und ihr die ersten Kunden verschaffen, obwohl sie damals schon neun und ich erst vier war. Da ich mit elf Jahren der Verfolgung, zu deren Gegenstand mich das Vormundschaftsgericht machte, überdrüssig war, mir eine Geschlechtskrankheit zugezogen hatte und den Wunsch verspürte, meine Talente, die ich zu haben glaubte, nicht in Unwissenheit verkümmern zu lassen, beschloß ich, als Novize ins Kloster Veruela einzutreten...«

Ein Pfiff in der Ferne schnitt meine Ausführungen ab und brachte mich in die Wirklichkeit zurück.

»Ist das ein Zug, was da pfeift?« fragte ich.

»Ja, ein Güterzug«, antwortete Mercedes. »Warum?«

»Ich muß gehen. Zwar wünschte ich nichts inniger, als so weiterplaudern zu können« – ich legte in diese Worte die einzige Aufrichtigkeit all meiner Beteuerungen seit den Zeiten, wo ich den Kunden meiner Schwester schwor, ich hätte da eine ganz köstliche Kirschmeringe für sie –, »aber ich muß so rasch wie möglich aufbrechen. Dank deiner Hilfe habe ich die Lösung des Falls schon gefunden, der mich hierhergeführt hat. Es fehlen mir nur noch einige zusätzliche Angaben und der Beweis für die Richtigkeit meines Gedankengangs. Läuft alles gut ab, so werde ich heute abend deine Unschuld bewiesen haben, und in ein paar Tagen kannst du an Isabels Hochzeit Ehrendame sein. Und die Verantwortlichen für dieses ganze Ränkespiel werden natürlich dort sein, wo sie hingehören, wenn ich, nebenbei gesagt, auch nicht weiß, wo das ist. Hast du Vertrauen zu mir?«

Ich wartete auf ein lebhaftes Ja von ihr, aber sie hüllte sich in mürrisches Schweigen.

»Was ist denn?« wollte ich wissen.

»Du hast mir nicht gesagt, daß Isabel heiratet.«

»Ich habe dir noch vieles nicht gesagt, aber morgen werde ich zurück sein, und dann wird uns nichts mehr stören.«

Ich führte ihr Schweigen auf die natürliche Scheu zurück, die das Gegengewicht zu starken Gefühlsregungen bildet, und hüpfte mit wonnevollem Herzen den Weg zum Bahnhof zurück, wo ich den hintersten Wagen eines klapprigen Güterzugs entern konnte, dessen Lokomotive sich schon in der Talsohle zwischen den das Dorf umgebenden Bergen verlor, die mit ihrem frischen Grün im ersten Tageslicht aussahen wie ein Edelstein, dessen Namen ich immer mit einer Laugenmarke verwechsle.

Der Wagen war vollbeladen mit frischen Fischen, deren salziger Geruch mich an glücklichere Horizonte und an ein erfülltes Leben in Zweisamkeit denken ließ. Mit dem solche Verzückungen begleitenden Wahn sah ich in den unbedeutendsten Erscheinungen ahnungsvolle Zeichen: im wolkenlosen Himmel, in der sanften Brise, in den Fischaugen, ja im Namen Mercedes selbst, sowohl Schutzheilige von Barcelona wie Inbegriff der deutschen Automobilindustrie. Und gleichzeitig wehrte ich mich dagegen, daß sich diese Hirngespinste in allzu deutlich erkennbare Formen kristallisierten, denn ich befürchtete, wenn ihr Name erst einmal rehabilitiert wäre, würde sie nichts mehr von mir wissen wollen. Zu viele Unterschiede standen zwischen uns. Ich erwog sogar die Möglichkeit, meine Recherchen aufzugeben, denn solange sie in ihr Exil verbannt war und ich ihr Geheimnis kannte – sagte ich mir –, hatte ich sie sozusagen in der Hand. Aber ich erwähnte in dieser Erzählung schon an anderer

Stelle, daß ich ein neuer Mensch bin, und so wies ich die Versuchung rasch von mir, nicht ohne dabei die Hoffnung zu nähren, die Tugend möchte für einmal schon in dieser und nicht erst in der andern Welt belohnt werden, für die ich weder Zu- noch Hinneigung verspürte.

Der Zug brauchte eine Ewigkeit, und da die Sonne schon sehr hoch stand, wurde der Wagen zu einem Backofen, und die Fische begannen ärgerlich zu stinken. Ich warf nacheinander die am fäulnisanfälligsten wirkenden Exemplare auf die Schiene, aber als ich den Wagen geleert hatte, stellte ich ohnmächtig fest, daß der Gestank andauerte und meine Kleider und meine ganze Person davon zeugten. Ich wappnete mich mit Geduld, lehnte mich in eine Ecke und verbrachte den Rest der Fahrt damit, Pläne zu schmieden, Projekte zu entwickeln, Rätsel zu erhellen und die Schwindeleien zu demaskieren, deren Opfer meiner Meinung nach die Frau, für die mein Herz schlug, ohne ihr Wissen geworden war. Diese Beschäftigung hinderte mich freilich nicht daran, ziemlich verzagt in die Zukunft zu blicken. Selbst wenn es mir gelänge, den Fall des verschwundenen Mädchens rasch und gut zu lösen, und ich Mercedes' Unschuld in hellstem Licht erstrahlen ließ, blieb immer noch der Tod des Schweden ungeklärt, den die Polizei um jeden Preis mir in die Schuhe schieben wollte. In der hypothetischen Annahme, auch dieses Rätsel könnte ergründet werden – was würde dann aus mir? Bei meinem kriminellen und internierten Vorleben und völlig ohne Beruf, Kenntnisse und Fähigkeiten würde es mir nicht leichtfallen, eine gutbezahlte Stellung zu finden, auf deren Fundament ein Heim zu gründen wäre. Und soviel ich gehört hatte, waren die Mieten astronomisch und der Einkaufskorb eine Rakete. Was tun? Nebel legte sich über meine Träumereien.

Mittag war schon vorbei, als der Zug in den Bahnhof von Barcelona einfuhr. Ich sprang vom Wagen und versteckte mich zwischen den Rädern des Eilzugs – ein Schlupfwinkel, den ich schleunigst verließ, als mir ein unerbittliches, dem Rang dieses Zuges entsprechendes Hupsignal zu verstehen gab, daß seine Abfahrt unmittelbar bevorstand. Auf der Straße lief ich an den Ort, den jeder Fahnder über kurz oder lang ansteuert: aufs Grundbuchamt, das in einer ruhigen, sonnigen Etage der Calle Diputación untergebracht war und wo ich wenige Minuten vor Büroschluß eintraf. Dank eines behelfsmäßigen Vorwands ließ man mich die angeblichen Ermittlungen vornehmen. Das meine andern Gerüche abrundende Fischdüftchen verjagte die schläfrigen, sich noch im Raum herumtreibenden Büroangestellten und die ehrgeizigen Bürschchen, die hartnäckig nach Grundstücken suchten, mit denen sich spekulieren ließe. So konnte ich vollkommen ungestört und nach Belieben in die Register eintauchen, und nach einiger Zeit fand ich das Gesuchte und wurde dadurch in meiner Annahme bestätigt: Das Grundstück, auf dem nun die Schule der Lazaristenschwestern stand, hatte von 1958 bis 1971 Don Manuel Peraplana gehört, der es den Nonnen für einen exorbitanten Preis verkaufte, nachdem er es 1958 für einen Bruchteil dieser Summe von einem gewissen Vicenzo Hermafrodito Halfmann erworben hatte, einem Panamaer, von Beruf Antiquar und seit 1917 in Barcelona wohnhaft, welcher in diesem Jahr auch das Grundstück, damals Brachland, gekauft und darauf das Haus gebaut hatte. Ich hatte nicht den geringsten Zweifel, daß der Panamaer gleichzeitig auf einem benachbarten oder zumindest nahegelegenen Grundstück ein anderes Haus errichtet und die beiden Gebäude, weiß der Teufel, weshalb, durch einen vom falschen Grab in der Kapellenapsis ausgehenden Geheimgang miteinander verbunden hatte. Wahrscheinlich hatte Peraplana den Gang entdeckt und für seine perversen Zwecke mißbraucht. Aber weshalb hatte er das Haus den Nönnchen verkauft, wo er doch 1971 den Gang immer noch benutzte? Und wohin führte dieser überhaupt? Ich versuchte herauszufinden, welche andern Grundstücke Peraplana oder der genannte Halfmann sonst noch besaßen, aber da das Register nach Grundstücken und nicht nach Eigentümern geordnet war, ließ sich das nicht eruieren. Also mußte ich unbedingt mit Peraplana persönlich sprechen und machte mich auf den Weg zu ihm, obwohl mir bewußt war, welche Gefahren dieses Unterfangen in sich barg.

13. Kapitel

Ein ebenso unvorhergesehener wie trauriger Unfall

Als ich vor dem Tor der Villa anlangte, erwartete mich eine Unannehmlichkeit, mit der ich nicht gerechnet hatte: Ein kleiner Volksauflauf, wenn das Paradox gestattet ist, hatte sich in erwartungsvoller Haltung vor dem Zaun angesammelt. Unter den Leuten erkannte ich die Dienstmädchen, die ich am Nachmittag zuvor ausgehorcht hatte, und schloß aus ihrer Anwesenheit, daß die Hochzeit, die nach meinen Berechnungen in ein paar Tagen hätte gefeiert werden sollen, offenbar früher angesetzt worden war und unmittelbar bevorstand. An einem Kiosk in der Nähe verschaffte ich mir eine Zeitschrift, um dahinter mein Gesicht zu verbergen, und schmuggelte mich in die Menge, während ich mir verzweifelt den Kopf zerbrach, wie ich in den Hochzeitswagen eindringen könnte, in welchem, wenn mich mein Begriff des für solche Feierlichkeiten vorgeschriebenen Zeremoniells nicht täuscht, die Braut und ihr Vater Platz nehmen würden – eigentlich ein Ding der Unmöglichkeit, aber ich mußte es trotzdem versuchen, wollte ich nicht zusehen, wie die Frischvermählten auf die Hochzeitsreise nach Mallorca (oder wohin auch immer die Betuchten bei solchen Gelegenheiten reisen) entschwänden, was meine unerschrockenen Bemühungen erschwert, aber nicht beendet hätte.

Das Warten zog sich in die Länge, und ich hatte Muße, in der Zeitschrift zu blättern. Dabei kam ich zum Schluß, daß sich mittlerweile die Grünschnäbel damit beschäftigten, über Politik, Kunst und Gesellschaft zu schreiben, während sich die Alten abreagierten, indem sie sich im winzigen Gehege des Obszönen tummelten. Birgitta, eine Landsmännin von Ilsa mit für ihren frühen Entwicklungsstand etwas schlaffen Brüsten, befummelte sich und »machte sich mit den orphischen Mysterien ihrer noch frischen Kurven vertraut«. Die Masse geriet in Bewegung, so daß ich den Text nicht lesen konnte, der zweifellos den Phantasien eines Schweinigels in Not entsprang. Als ich die Augen und den entsprechenden Teil des Kopfs über den Rand der Zeitschrift hob, sah ich, daß die Tür der Peraplanaschen Villa aufging und zwei grau uniformierte Polizisten herauskamen. Ein Schreck durchzuckte mich, aber ich merkte sogleich, daß nicht meine Anwesenheit der Grund für die ihre war, denn sie bezogen auf der Treppe Posten, als erwarteten sie das Erscheinen eines Hofstaats. Hieraus schloß ich, daß an der Hochzeit irgendeine Lokalgröße teilnahm, und wollte schon Es lebe die Braut! rufen, als ich sah, wie hinter den Polizisten zwei Krankenträger erschienen, die in einem Bett auf Fahrradrädern einen Körper schoben, sowie eine Krankenschwester mit einer granatrot gefüllten und mittels eines Schläuchleins ans Bett angeschlossenen Flasche in der Hand. Ein Arzt in weißem Spitalkittel und ein paar weitere Personen begleiteten das Ambulanzbett. Eine davon mußte Peraplana sein, aber da ich ihn nie gesehen hatte, kann ich es nicht bezeugen. Ganz offensichtlich war das keine Hochzeit, sosehr auch nach dem letzten Konzil die ganze Liturgie auf den Kopf gestellt sein mag. Diese Einsicht wurde noch dadurch bestätigt, daß aus den Fenstern des ersten Stocks bekümmert aussehende Frauen schauten, die sich mit weißen Perkaltaschentüchern die Tränen trockneten. In der Menschenansammlung wurde ein Murmeln laut, und die Polizisten machten dem Krankenbett den Weg zu einem Ambulanzwagen frei. Ich fragte einen Mann, der sich neben mir auf die Zehenspitzen stellte, um sich nichts entgehen zu lassen, was geschehen sei.

»Ein Unglück. Das arme Mädchen dieses Hauses hat sich heute vormittag das Leben genommen, ganz kurz vor der Hochzeit. Wir sind nichtig, mein Freund.«

Er schien redselig, und ich beschloß weiterzufragen.

»Woher wissen Sie, daß es sich um einen Selbstmord handelt? Der Krebs nimmt keine Rücksicht auf das Alter.«

»Ich habe nach zehn Jahren Priesterdasein die Kutte an den Nagel gehängt, um zu heiraten. Unter alldem, was ich im Beichtstuhl gehört, und dem, was ich danach erfahren habe, gibt es nichts, was ich nicht wüßte.«

Er prustete laut über seinen witzigen Einfall los. Ich tat es ihm gleich, damit er sich nicht lächerlich vorkam. Der Mann legte mir eine verschwitzte Hand auf die Schulter und wischte sich mit der anderen die Tränen aus den Augen.

»Aber ich will nicht, daß Sie denken, ich sei ein Traumaturg oder ein Hellseher«, sprach er weiter. »Der Austräger der Fleischerei Bou, der merkwürdigerweise gleich heißt, aber mit W, Wou, ich habe keine Ahnung, woher dieser Bursche stammt, hat mir erzählt, was geschehen ist. Er war im Haus, als das Durcheinander losging, weil er das Fleisch brachte. Interessieren Sie sich für diese Dinge?«

Die Nachricht hatte mir zugesetzt, und ich sagte es ihm.

»Das Leben«, meinte er, »ist wie ein Blatt im Wind. *Carpe diem*, wie die Römer sagten. Mögen Sie die Frauen? Nein, halten Sie mich nicht für einen Schnüffler. Ich habe Sie bloß in einem Sexheftchen blättern sehen. Diese ganze Auszieherei ist eine rein kommerzielle Angelegenheit, um mit unsern Frustrationen Geld zu machen, glauben Sie mir. Ich habe nichts gegen die Fleischeslust, aber ich hasse die Surrogate. Frauen aus Fleisch und Blut, und Kaffee, Kaffee, wie wir in meiner Jugend sagten. Ich will nicht anständiger scheinen, als ich bin, auch ich habe meine Schwächen. Immer wenn ich eins dieser Heftchen lese, hol' ich mir einen runter, und es ist mir egal, es herauszuposaunen – wir sind doch alle aus demselben Teig, oder?«

Ich hörte dem Gewäsch dieses Trottels nicht mehr zu. Als ich mir wieder die arme kleine Isabel ins Gedächtnis rief, die ich noch vor einigen Stunden nicht ohne Bewunderung betrachtet hatte, konnte ich ein paar dicke Tränen und etwas Rotz nicht zurückhalten, eine kleine Huldigung an die

Flüchtigkeit unserer Träume und die Vergänglichkeit menschlicher Schönheit. Doch das war nicht der richtige Augenblick zum Philosophieren, denn eine andere Idee hatte in meinem Hirn Gestalt angenommen. Ich begann die Beisammenstehenden nach einem bekannten Gesicht abzusuchen. Da ich nicht übermäßig großgewachsen bin, mußte ich Sprünge tun – was nicht unbedingt zu dem sich vor unseren Augen abspielenden Geschehen paßte –, bis ich auf meiner Razzia fündig wurde und eine Frau sah, die ihr Gesicht unter einem riesigen schwarzen Florentinerhut, hinter einer Sonnenbrille und, etwas tiefer, unter einer bunten Make-up-Schicht verbarg, welche ihre ursprünglichen Züge entstellte. Dieser vergebliche Verschleierungsversuch bestätigte mir, daß es, meiner Ansicht nach, hinsichtlich der Schönheit zwischen Männern und Frauen unterschiedliche Kriterien gibt, denn letztere glauben, ihre Attraktivität beruhe auf Augen, Lippen, Haaren und anderen nördlich der Gurgel angesiedelten Attributen, während das Genus masculinum, um es so zu nennen, sein Interesse auf andere Körperpartien konzentriert und die genannten vollkommen geringschätzt, außer es neige in seiner Wahl zu beträchtlichen Abweichungen. Und so hätte Mercedes Negrer ihre Bemühung, nicht aufzufallen, aufs Äußerste treiben können – nur schon ein rascher Blick auf ihren entflammenden Vorbau hätte mir genügt, um sie zu identifizieren, auch wenn Meilen zwischen uns gelegen hätten.

Sowie ich sie erkannt hatte, bahnte ich mir mit

dem Kopf einen Weg zu ihr, während sie, als sie mich kommen sah, zu fliehen versuchte, aber vergeblich, denn ihre Schubse brachten niemand dazu, wegzutreten, sondern wer einen bekam, blieb erst recht stehen. Daher hatte ich sie bald fest am Arm, zog die sich Sträubende ruckweise aus der Menge und trieb sie schleunigst an einen Ort, wo wir ungestört waren. Dort sagte ich:

»Was hast du getan, Unglückselige?«

Sie brach in Tränen aus, was die Schminke auf ihrem Gesicht in einen Brei verwandelte.

»Wie hast du es geschafft, vor mir hier zu sein?« fragte ich in schärferem Ton.

»Ich habe ein Auto«, sagte sie zwischen Schluckern und Röcheln.

Diese Möglichkeit hatte ich ausgeschlossen, wohl wissend, wie dürftig der Lohn ist, den unsere vom Staat angestellten Lehrer empfangen, aber dabei hatte ich nicht mit der Großzügigkeit der Milchzentrale gerechnet, die es ihr erlaubte, ihr gesamtes Einkommen aus dem Unterricht für unnütze Dinge zu verschwenden.

»Weshalb hast du das getan?« insistierte ich.

»Ich weiß nicht. Ich finde keine logische Erklärung für das, was mir geschehen ist. Nachdem du heute morgen gegangen warst, fühlte ich mich sorglos. Ich begann mir ein Diätfrühstück zu machen, und auf einmal brachen, als wäre eine geduckte Raubkatze auf mich gesprungen, all diese Jahre der Frustration und des Grolls über mich herein. Vielleicht war es die Wut darüber, mein Leben für etwas geopfert zu haben, was ich in meiner Dumm-

159

heit für edelmütig hielt, vielleicht auch das Wissen, daß Isabel heiraten würde... Ich möchte sterben, ich habe große Angst und weiß nicht, was jetzt aus mir werden soll. So viele vertane Jahre...«

»Was genau ist geschehen?«

»Ich setzte mich ins Auto und fuhr in einem Affenzahn hierher. Dann rief ich aus dieser Kabine dort Isabel an, die ihren Ohren nicht traute, als sie meine Stimme hörte, denn sie glaubte, ich studiere im Ausland, diese Rotznase. Ich sagte ihr, ich hätte ihr etwas Wichtiges mitzuteilen, und wir vereinbarten, uns in einer Bar in der Nähe zu treffen. Ich vertraute darauf, daß sich meine Wut in ihrer Gegenwart schon legen würde, aber sie wurde nur noch geschürt. Ohne sie zu Wort kommen zu lassen, da sie ohnehin nur Lappalien erzählt hätte, überschüttete ich sie mit den schlimmsten Beschimpfungen und sagte ihr, ich hätte sie immer für dumm, egoistisch, schäbig und falsch gehalten. Sie wußte nicht, wovon ich sprach, und dachte, ich sei bekloppt. Dann erzählte ich ihr, was vor sechs Jahren in der Krypta der Schule vorgefallen war, und verkündete ihr, sie habe sich die Hände mit dem Blut eines Mannes, vielleicht ihres Geliebten, befleckt. Ich drohte ihr, diese heikle Geschichte publik zu machen, wenn sie nicht auf der Stelle ihr Eheversprechen löse. Ich wollte doch bloß meine Wut rauslassen, mich psychologisch rächen. Aber Isabel, die zweifellos nie Freud gelesen hat, nahm meine Worte ernst. Möglicherweise hat meine Erzählung auch in ihrem Unbewußten begrabene Erinnerungen aufleben lassen. Die arme Isabel hatte nie den

Charakter, sich der schmutzigen Seite des Lebens zu stellen. Angesichts dieser Zwickmühle geriet ihre Abwehr ins Wanken, und als sie wieder zu Hause war, brachte sie sich um.«

»Woher weißt du das?«

»Nach dem Gespräch schlich ich hier noch etwas herum, weil es mir ein wenig leid tat. Ich sah sie ganz niedergeschlagen ins Haus gehen. Dann gab es eine entsetzliche Aufregung. Der Arzt kam. Der Butler, der ihm öffnete, war vollkommen fassungslos. Hinter dem Zaun verborgen, schnappte ich die Worte ›Selbstmord‹ und ›Gift‹ auf.«

»Woher hast du denn dieses Make-up und die ganzen verschrobenen Utensilien?« Ich fragte mehr, um sie von ihrem Kummer abzulenken, als aus Neugier.

»Ich hatte sie zu Hause. Manchmal hab' ich mich verkleidet und ganz für mich vor dem Spiegel in meinem Zimmer posiert. Ich bin verklemmt. Noch nie bin ich mit einem Typ ins Bett gegangen. Die Männer machen mir Angst. Meine vorgebliche Promiskuität ist bloß eine Show, um meinen Kleinmut zu verbergen. Was für eine Affenschande!«

»Na, na«, sagte ich väterlich, »darüber werden wir später noch sprechen. Jetzt gibt es viele andere Dinge zu ergründen. Du wirst genau tun, was ich dir sage, und morgen wird der Fall aufgeklärt sein, so wie ich's dir versprochen habe.«

»Was geht's mich denn an, ob der Fall aufgeklärt wird?«

»Das weiß ich nicht, aber mich geht's sehr viel an. Meine Schwester sitzt im Gefängnis, und ich setze meine Freiheit, wenn nicht Kopf und Kragen aufs Spiel. So kurz vor dem Ziel werde ich nicht aufgeben. Ich bin bereit, allein weiterzumachen, wenn es nicht anders geht, aber dein Beistand würde mir vieles vereinfachen. Du hast eine verwerfliche und überdies unnütze Tat begangen, da Isabel nie jemand umgebracht und auch keinen Geliebten gehabt hat. Das mindeste, was du für sie tun kannst, ist, etwas dazu beizutragen, daß ihre Unschuld bewiesen wird. Das ist auch die einzige Art, wie du deine üble Tat ein wenig abzahlen kannst, außer du ziehst es vor, für den Rest deiner Tage von Gewissensbissen geplagt zu werden. Und schließlich: Was bleibt dir denn für eine Alternative? Nachdem Isabel tot ist, gibt es für Peraplana keinen Grund mehr, dich auf Kosten der Milchzentrale zu unterhalten. Entweder entscheidest du dich jetzt, dein Schicksal selbst in die Hand zu nehmen, oder du endest wie... wie ich, um das naheliegendste Beispiel zu nehmen.«

Das Gespräch schien sie zu trösten; sie hörte auf zu weinen und brachte mit Hilfe eines länglichen Döschens mit Spiegel und Puderquaste die Schminke in ihrem Gesicht wieder in Ordnung. Ich erinnerte mich daran, daß meine Schwester ihre Kosmetika mit einem Scheuerlappenrest auftrug, und dachte darüber nach, daß sich die gesellschaftlichen Unterschiede in den geringstfügigen oder geringfügigsten Details offenbaren.

»Was muß ich tun?« fragte sie schließlich mit unterwürfiger Miene.

»Hast du den Wagen in der Nähe?«

»Ja, aber man muß das Öl kontrollieren.«

»Und Geld?«

»Ich habe meine ganzen Ersparnisse dabei, falls ich hätte fliehen müssen.«

»Das ist ein Indiz für Vorsatz, meine Hübsche. Aber mit dem gerichtlichen Aspekt werden wir uns zu gegebener Zeit noch befassen. Gehen wir zum Wagen, und unterwegs erzähl' ich dir, was ich herausgefunden habe und wie mein Plan aussieht.«

14. Kapitel

Der geheimnisvolle Zahnarzt

Es war die Stunde des Abendessens für Leute, die sich eine solche Verschwendung leisten konnten, und die Straßen waren wieder einmal halb leer. Neuerlich hatte Regen eingesetzt, und die Tropfen trommelten aufs Dach von Mercedes' Auto, einem verbeulten 600er, der demnächst vom Klapperkasten zur Reliquie aufsteigen würde und in dem wir darauf warteten, daß die Bewohner des Hauses Peraplana, vor dessen Eingang wir uns postiert hatten, ein Lebenszeichen gäben. Bereits vor einer Stunde hatte sich die Trauerfamilie wieder in ihr Heim zurückgezogen, und es wäre nur natürlich gewesen, wenn sich ihre Mitglieder an diesem Abend ihrem Gram hingegeben hätten, doch ich spürte etwas kommen, und bald wurden meine Vorahnungen bestätigt.

Zuerst kam unter einem glänzenden Regenschirm der Butler heraus und öffnete weit das Gittertor; dann trat er zur Seite, und zwei kräftige Scheinwerfer durchschnitten die Nachtschwärze; zuletzt erschien ein Seat – nicht der durchlöcherte, sondern der andere. Im Wagen saß nur eine Person. Auf ein Zeichen von mir startete Mercedes ihren alten Ofen.

»Sieh zu, daß du ihm dicht auf den Fersen bleibst, auch wenn du die arithmetischen Spitzfindigkeiten außer acht lassen mußt, die das Straßenverkehrsgesetz bezüglich Abstandhaltens vorschreibt«, sagte ich.

Wir fuhren los, so dicht am Seat, daß ich befürchtete, wir würden mit der Schnauze auffahren, wofür das Gesetz uns verantwortlich gemacht hätte, denn ich weiß sehr wohl, daß die Schuld immer beim Nachfolgenden liegt, mag ihn der andere auch noch so sehr mit Wort oder Tat provoziert haben. Auf diese Weise erreichten wir die Diagonal, und bei einem Rotlicht stieg ich aus, nicht ohne Mercedes vorher noch einmal einzuschärfen:

»Daß er dir ja nicht entkommt! Und setz um Gottes willen die Brille auf, es sieht dich ja keiner, und du kannst einen ernsten Unfall vermeiden.«

Sie bejahte, preßte die Zähne zusammen und schoß los, hinter dem Seat her. Ich stoppte ein Taxi, nach dem ich schon vorher Ausschau gehalten hatte, sprang hinein und sagte zum Fahrer:

»Folgen Sie diesen beiden Wagen. Ich bin von der Geheimen.«

Der andere zeigte eine Erkennungsmarke.

»Ich auch. Welche Abteilung?«

»Betäubungsmittel«, erdichtete ich. »Wie steht's mit den Zulagen?«

»Schlecht, wie üblich«, sagte der falsche Taxifahrer. »Wir werden ja nun sehen, bei den Wahlen. Ich gebe meine Stimme wohl Felipe González, und du?«

»Ich mache das, was meine Chefs befehlen.« Damit brach ich das Thema ab, um es nicht zu Vertraulichkeiten kommen zu lassen, bei denen ich mich am Ende noch blamiert hätte.

Wir waren um die Plaza Calvo Sotelo herumge-
fahren und folgten weiter der Diagonal. Genau wie
ich mir ausgerechnet hatte, merkte der Seatlenker
sehr bald, daß ihm ein anderer Wagen folgte, und
setzte sich mit einem geschickten Manöver über ein
Abbiegeverbot hinweg, fuhr die Muntaner hinunter und hängte so die arme Mercedes ab, die beinahe von einem Bus überrollt worden wäre, als sie
kühn zurückzusetzen versuchte. Ich mußte innerlich lächeln und sagte dem Taxifahrer, er solle dem
Seat folgen. Dieser hatte in der Überzeugung, seinen Verfolger losgeworden zu sein, die Fahrt ver-
langsamt, so daß wir problemlos hinter ihm bleiben
konnten. Zugleich hatte ich mir vorübergehend
Mercedes vom Hals geschafft, ohne sie in ihrer
schon genug angeschlagenen Selbstachtung zu verletzen.

Der Seat gelangte an sein Ziel: eine Hausecke in
der Calle Enrique Granados. Dort blieb der Wagen
stehen, und der Lenker stieg aus und peilte eine
dunkle Haustür an, den Kopf zwischen den Schultern vergraben, als könnte ihn so der Regen nicht
erwischen. Die Tür ging auf, und der Seatlenker
verschwand in ihren Tiefen. Ich bat den Taxifahrer
zu warten, aber er sagte, das sei nicht möglich.

»Ich muß das Haus von Reventós überwachen,
vielleicht gibt er sich eine Blöße.«

Ich bedankte mich bei ihm und wünschte ihm viel
Glück. Weil ich zur Zunft gehöre, wollte er nicht,
daß ich die Fahrt bezahle, obwohl ich diesmal Geld
hatte, nämlich das, welches mir Mercedes gegeben
hatte, bevor wir uns trennten. Der getarnte Polizist

fuhr los, und ich blieb allein im strömenden Regen. Eine oberflächliche Überprüfung des Seat gab keinerlei Hinweise. Auf dem Steuerkärtchen stand der Name einer Immobiliengesellschaft, ein offensichtlicher Schwindel, um Steuern zu umgehen. Mit einem Ziegelstein brach ich die Tür auf und durchschnüffelte das Wageninnere. Das Handschuhfach enthielt nur gerade die Wagenpapiere, eine nachlässig zusammengefaltete Straßenkarte und eine Taschenlampe ohne Batterien. Die Sitze waren aus Velours, und ein Weidengeflecht auf dem des Fahrers sollte der Transpiration des Hintern entgegenwirken. Aus diesem Detail schloß ich, daß normalerweise Peraplana den Wagen fuhr. Es gab keinen Grund zur Annahme, jemand anders als er sei soeben in die Tür an der Ecke getreten. Vorsichtshalber merkte ich mir den Kilometerstand, obwohl ich keine Gewähr hatte, die Zahl behalten zu können, ist doch Mathematik nicht meine Stärke, denn ich fühle mich von Natur aus eher zur klassischen Literatur hingezogen. Im Aschenbecher lagen Marlborokippen, auf deren Filter keine Lippenstiftspuren, jedoch Abdrücke von regelmäßigen, vielleicht nicht mehr ursprünglichen Zähnen zu sehen waren. Auf dem Teppich lag Asche – ein Zeichen dafür, daß der Lenker der Raucher war. Eine der Kippen war noch feucht und der automatische Anzünder warm. Das bestärkte mich darin, daß ich es mit Peraplana persönlich zu tun hatte. Ich stieg wieder aus dem Wagen, riß aber zuerst noch Radio und Kassettengerät aus ihrem Gehäuse, um meine Nachforschungen als Diebstahl zu tarnen. Beider Geräte entledigte ich mich sogleich wieder, indem ich sie in einen Abfluß warf, und einen Moment lang erwog ich die Möglichkeit, mich im Kofferraum zu verstecken, um zu sehen, wohin ich gebracht würde, doch rasch verwarf ich diesen Schritt als zu gefährlich und weil es mich mehr interessierte, zu erfahren, was in diesem Haus an der Ecke ausgebrütet wurde, das Peraplana aufgesucht hatte, obwohl die Erde, in der seine Tochter ruhte, noch frisch war.

In einer Bar an der gegenüberliegenden Ecke bestellte ich eine Pepsi-Cola und schloß mich mit einem Münzenvorrat in die Telefonzelle ein, darauf achtend, die mich beschäftigende Tür nicht aus den Augen zu verlieren. Im Straßenverzeichnis suchte ich das fragliche Haus, rief nacheinander sämtliche Mieter an und sagte, wenn sie sich meldeten:

»Hallo, hier ist *Cambio 16* mit einer Umfrage! Welchen TV-Kanal haben Sie gerade eingeschaltet?«

Alle nannten den ersten und ein Exzentriker den zweiten. Ein einziger der Angerufenen antwortete barsch: »Keinen«, und hängte ein.

Du zappelst an der Angel, Sardinchen, dachte ich und las noch einmal den Namen des Mannes, der so unhöflich zu unserer Presse gewesen war: Plutonio Sobobo Cuadrado, Zahnarzt.

Ohne die Haustür aus den Augen zu lassen, trank ich die Pepsi-Cola und zwängte gerade die Zunge in den Flaschenhals, um auch den letzten Tropfen zu erwischen, als ich zwei Männer aus der Tür treten sah, die behutsam ein in ein weißes Bettuch gehülltes Etwas trugen. Im dunklen Eingang schaute eine Frau händeringend dem Vorgang zu. Größe und Form des Bündels entsprachen einem nicht sehr großen Menschen – mit Sicherheit ein Mädchen. Die beiden Männer legten das Bündel in den Kofferraum des Seat, und ich war froh, nicht dort drin zu stecken. Dann setzte sich einer der beiden ans Steuer, und der Wagen fuhr weg. Gern wäre ich ihm gefolgt, aber nirgends war ein Taxi zu erblikken. Also konzentrierte ich meine Aufmerksamkeit auf den andern Mann, der wieder in den Eingang trat, einen Moment lebhaft mit der händeringenden Frau sprach und dann die Holztür schloß. Ich bezahlte mein Getränk, verließ die Bar und unterzog im hartnäckigen Regen die Tür einer Prüfung. Nachdem ich gesehen hatte, was mich interessierte und was ich hier nicht ausführen will, da es sich um Fachausdrücke von Schlossern und Gesindel handelt, eignete ich mir auf einem Bauplatz eine Eisenstange an und begann die Tür zu öffnen, um mir Einlaß in den Hausflur zu verschaffen. Auf dem Briefkasten sah ich, daß der Zahnarzt im zweiten Stock, erste Tür, zu finden war. Es gab einen Fahrstuhl, der aussah wie ein Sarg, aber aus Diskretionsgründen ging ich zu Fuß nach oben. Das Innere des Hauses entsprach seiner grauen, klotzigen, gewöhnlichen und etwas tristen Fassade: ein Haus des Ensanche-Viertels eben. Ich klingelte an der Tür des Zahnarzts, der unverzüglich durchs Guckloch antwortete:

»Wer ist da?«

»Doktor, ich habe ein Zahngeschwür, das mich fertigmacht.« Dabei blies ich die Backe auf.

»Nichts haben Sie, das ist keine Zeit für Besuche, und meine Praxis befindet sich an der Clot«, antwortete der Zahnarzt.

Ich probierte einen neuen Weg der Annäherung aus:

»Eigentlich bin ich Kinderpsychiater und möchte mit Ihnen über Ihre Tochter sprechen.«

»Verschwinden Sie auf der Stelle, Sie verrückter Kerl.«

»Wenn Sie wollen, gehe ich, aber ich werde mit der Polizei zurückkommen«, drohte ich mit wenig Überzeugung.

»Ich bin es, der die Polizei rufen wird, wenn Sie nicht wie der Blitz abhauen.«

»Doktor«, sagte ich in etwas gemäßigterem Ton, »Sie stecken da in einem monströsen Schlamassel. Besser, wir spielen mit offenen Karten.«

»Ich weiß nicht, wovon Sie reden.«

»Und ob Sie es wissen, sonst würden Sie nicht ein Gespräch führen, das niemand führt, der bei Trost ist. Ich weiß alles über Ihre Tochter, und mag es Ihnen auch seltsam erscheinen, ich kann Ihnen aus der Patsche helfen, sofern Sie kooperativ sind. Ich werde jetzt bis fünf zählen. Ganz langsam, aber bis fünf. Wenn Sie bis dahin diese Tür nicht aufgemacht haben, gehe ich, und dann werden Sie die Konsequenzen Ihrer Halsstarrigkeit allein zu tragen haben. Eins... zwei... drei...«

Hinter der Tür hörte ich eine schwache Frauenstimme sagen:

»Mach ihm auf, Pluto. Vielleicht kann er uns wirklich helfen.«

»...vier... und fünf. Einen schönen guten Abend, die Herrschaften.«

Die Tür ging auf, und in der Öffnung zeichnete sich die Gestalt ab, die ich kurz zuvor im Hauseingang gesehen hatte. Die händeringende Frau rang hinter ihrem Zahnarztgatten die Hände weiter.

»Warten Sie«, sagte dieser. »Mit Sprechen ist nichts zu verlieren. Wer sind Sie, und was haben Sie mir zu sagen?«

»Die Nachbarn brauchen nicht alles zu hören, Doktor. Lassen Sie mich herein.«

Der Doktor gab die Tür frei, und ich trat in eine Diele, die von einer niedervoltigen, in einer schmiedeeisernen Lampe gefangenen Birne kläglich erleuchtet wurde. In der Diele standen ein irdener Schirm- und ein verzierter Garderobenständer aus dunklem Holz sowie ein Armsessel mit genageltem Ledersitz. Auf den Tapeten wiederholte sich symmetrisch eine ländliche Szene. An der Türinnenseite hing ein Herz Jesu aus Email mit den Worten »Ich segne diese Wohnung«. Die achteckigen Bodenfliesen hatten verschiedene Farben und wackelten unter den Füßen.

»Bitte sehr.« Der Zahnarzt wies auf einen düsteren, engen Gang, der endlos schien.

Gefolgt vom Doktor und seiner Frau, begann ich durch den Gang zu gehen und bereute es, für das Gespräch nicht neutralen Boden vorgeschlagen zu haben, denn ich wußte nicht, was mich am andern Ende des Gangs erwartete, und das Talent der Zahnärzte, Schaden anzurichten, ist notorisch.

15. Kapitel

Der Zahnarzt spricht sich aus

Aber meine Befürchtungen erwiesen sich als unbegründet, denn auf der Hälfte des Gangs überholte mich der Doktor und zündete dann beflissen eine Lampe an, die ein bescheiden möbliertes, aber behagliches Wohnzimmerchen erleuchtete, wies mir dort einen Sessel an und sagte:

»Wir können Sie leider nicht so bewirten, wie wir gern möchten, denn sowohl meine Frau Gemahlin wie ich sind Abstinenzler. Ich kann Ihnen aber einen Medizinalkaugummi anbieten, den mir ein Labor zu Werbezwecken geschickt hat. Er soll gut sein für das Zahnfleisch.«

Ich lehnte das Angebot ab, wartete, bis das Ehepaar Platz genommen hatte, und sagte:

»Sie werden sich fragen, wer ich bin und mit welchem Recht ich mich in Ihre Angelegenheiten einmische. Darauf antworte ich Ihnen, daß ersteres nicht von Belang ist und daß ich auf die zweite Frage keine Erklärung zu geben wüßte, außer daß ich meine, wir alle haben eine nicht ganz reine Weste, obwohl ich das erst zu behaupten wage, wenn Sie einige Fragen beantwortet haben, die ich Ihnen nun stellen werde. Vor wenigen Augenblicken habe ich gesehen, wie Sie, Doktor, einen Packen transportiert und dann in den Kofferraum eines Autos gelegt haben. Geben Sie das zu?«

»Ja, das ist richtig.«

»Geben Sie auch zu, daß der fragliche Packen ein menschliches Wesen enthielt oder, besser gesagt, eigentlich ein solches war, vermutlich ein Mädchen und obendrein, wie ich zu behaupten wage, Ihre Tochter?«

Der Odontologe zögerte, und seine Frau ergriff das Wort.

»Es war die Kleine, Señor, Sie haben vollkommen recht.«

Ich bemerkte, daß die Frau ein etwas breites Gesäß hatte, aber sonst noch ganz brauchbar war. Ihre Augen und ein bestimmter Zug um die Lippen drückten ich weiß nicht was aus, und ihre ganze Person verströmte einen Hauch, den ich nicht ergründen konnte.

»Und ist es nicht ebenfalls richtig« – bei diesen Worten rief ich mir den eleganten Stil in Erinnerung, den die Staatsanwaltschaft in den Verhandlungen, welchen ich als Angeklagter beiwohnte, und, wie ich überzeugt bin, auch in allen andern entfaltete –, »daß das Mädchen in diesem Packen, Ihre Tochter also, dasselbe Mädchen ist wie das, welches vor ein paar Tagen aus der Schule der Lazaristenschwestern von San Gervasio verschwunden ist?«

»Schweig«, herrschte der Zahnarzt seine Frau an. »Es gibt keinen Grund, weshalb wir antworten sollten.«

»Wir sind entlarvt, Pluto.« In ihrer Stimme schwang ein Anflug von Erleichterung mit. »Und ich bin froh, daß es so ist. Niemals zuvor haben wir gegen das Gesetz verstoßen, mein Herr. Sie, der Sie ausschauen wie ein Strolch, sind sicher mit mir einer Meinung, daß es nicht leicht ist, sein Gewissen zum Schweigen zu bringen.«

Ich gab meiner Zustimmung Ausdruck und fuhr fort:

»Das Mädchen ist nicht aus der Schule verschwunden, sondern ohne Kenntnis der Nonnen herausgeholt und in diese Wohnung gebracht worden, wo Sie es versteckt hielten und gleichzeitig so taten, als wären Sie über die vorgebliche Entführung oder Flucht sehr bekümmert, oder nicht?«

»Genau, wie Sie es schildern«, sagte die Señora.

Die nächste Frage ergab sich wie von selbst:

»Warum?«

Das Ehepaar blieb stumm.

»Was war denn der Zweck dieser Wahnsinnskomödie?« insistierte ich.

»Er hat uns dazu gezwungen«, sagte die Señora und ergänzte, zu ihrem Mann gewandt, der ihr vorwurfsvolle Blicke zuwarf:

»Besser, wir geben alles zu. Sind Sie Polizist?« Dies galt mir.

»Nein, Señora, nicht im geringsten. Wer ist ›er‹? Peraplana?«

Die Señora zuckte mit den Schultern, und der Odontologe vergrub das Gesicht in den Händen und brach in Schluchzen aus. Es war schmerzlich, mit anzusehen, wie ein Zahnarzt derart trostlos weinte. Ich wartete geduldig, bis er sich erholt hatte, und sowie er wieder Herr seiner selbst war, breitete der Doktor die Arme aus wie jemand, der seine Hilflosigkeit eingesteht, und sagte folgendes:

»Sie scheinen ein guter Beobachter und ein heller Kopf zu sein, mein Herr, und werden aus dem Viertel, in dem wir wohnen, aus unserer schlichten Kleidung und Behausung und dem Umstand, daß wir automatisch das Licht löschen, wenn wir einen Raum verlassen, ersehen haben, daß wir der gottergebenen Mittelschicht angehören. Sowohl meine Frau Gemahlin wie ich stammen aus bescheidenen Verhältnissen, und ich persönlich absolvierte mein ganzes Studium mit Hilfe von Stipendien und etwas Privatunterricht, den mir die Jesuiten durch ihre Kongregation verschafften. Die Bildung meiner Frau beschränkt sich auf einige kulinarische Kenntnisse, die nicht frei von Schwankungen sind, und gewisse Fertigkeiten auf dem Gebiet des Nähens, die es ihr ermöglichen, Sommeranzüge in Hausmäntel umzuarbeiten, welche sie nie trägt. Obwohl wir nun seit dreizehn Jahren verheiratet sind, hat es uns unser dürftiger Spargroschen nicht erlaubt, mehr als eine Tochter zu haben, sehr zu unserem Leidwesen, da wir uns schon seit langem genötigt sehen, Ovulationshemmer zu benutzen, obwohl wir beide praktizierende Katholiken sind, was unsere sinnlichen Beziehungen wegen der Gewissensbisse jeden Genusses beraubt hat. Müßig zu erwähnen, daß unser Töchterchen seit dem Augenblick seiner Empfängnis immer mehr zum Mittelpunkt unseres Lebens geworden ist und daß wir für sie ungezählte Opfer bringen, ohne dafür von ihr je Rechenschaft verlangt zu haben, wenigstens nicht ausdrücklich. Das Schicksal, uns in so manchen andern Dingen wenig gewogen, hat uns mit einem Mädchen entschädigt, das alle Gottesgaben in sich vereint, und nicht die geringste davon ist die lautere Liebe, in der es uns zugetan ist.«

Der Zahnarzt schaute seine Frau an, vielleicht um bestätigt zu werden, doch sie hatte die Augen geschlossen und die Stirn gerunzelt und schien woanders zu sein, als lasse sie ihr Leben Revue passieren, was ich natürlich nicht aus ihrer entrückten Haltung schloß, sondern aus einer späteren Reaktion, die ich im gegebenen Moment schildern werde.

»Als unsere Tochter ins Alter der Vernunft kam«, fuhr der Zahnarzt fort, »diskutierten meine Frau und ich des langen und breiten und nicht ohne eine gewisse Erbitterung über die Schule, in die wir sie schicken sollten. Beide waren wir uns zwar einig, es müßte die beste der ganzen Stadt sein, aber während meine Frau zu einer der heute modernen weltlichen und teuren Schulen neigte, war ich für die traditionelle religiöse Erziehung, die Spanien so viele schöne Früchte beschert hat. Im übrigen glaube ich nicht, daß die Veränderungen, die in jüngster Zeit unsere Gesellschaft heimgesucht haben, von Dauer sind. Früher oder später werden die Militärs dafür sorgen, daß alles wieder zur Normalität zurückkehrt. Anderseits herrscht in diesen modernen Schulen Zügellosigkeit: Ich weiß sehr genau, daß sich die Lehrer vor der Schülerschaft mit ihren unstatthaften außerehelichen Verhältnissen brüsten; die Lehrerinnen verzichten auf Unterwäsche, und in den Pausen wird der Sport miesgemacht und dafür die Fleischeslust gefördert; man organisiert Tanzvergnügen und mehrtägige Ausflüge und zeigt indizierte Filme. Ich weiß nicht, ob das die Kinder, wie es heißt, darauf vorbereitet, sich der Welt zu stellen. Vielleicht macht es sie gegen Gefahren immun, ich urteile lieber nicht. Wovon habe ich gesprochen?«

»Von der Schule Ihrer Tochter«, half ich nach.

»Ah, ja. Wie gesagt, wir diskutierten also hin und her, und da meine Gemahlin eine Frau ist und ich ein Mann, mußte sie nachgeben, weil es das Naturgesetz so will. Die Schule der Lazaristenschwestern von San Gervasio, für die ich mich schließlich entschied, bedeutete für uns ein doppeltes Opfer, nämlich uns von der Kleinen trennen zu müssen, da das Internatsregime keine Ausnahmen zuließ, und monatlich ein Schulgeld zu bezahlen, das ich unumwunden als sehr hoch bezeichnen darf, sowohl in relativer wie in absoluter Hinsicht. Aber die Erziehung war hervorragend, und wir haben uns nie beklagt, obwohl wir weiß Gott nicht zuviel Geld hatten. Und so vergingen die Jahre.«

Er durchfächelte mit den Händen leicht die Luft, als projizierten sich auf diese Beschwörung hin im Raum Sequenzen dieser faden Familiensaga.

»Alles ging gut«, erzählte er weiter, als er sah, daß nichts dergleichen geschah, »bis ich in einer der Zeitschriften, die mir unentgeltlich in die Praxis geschickt werden, einen Artikel über die Fortschritte der deutschen Industrie auf dem Gebiet der Kieferorthopädie las. Die Fachausdrücke erspare ich Ihnen. Jedenfalls konnte ich an nichts anderes mehr denken, als eine elektrische Bohrapparatur zu kaufen und die fußbetriebene, die ich bis dahin benutzt hatte und die, nebenbei bemerkt, die Patienten nicht glücklich machte, zum alten Eisen zu werfen. Ich suchte sämtliche Banken am Platz auf, aber sie verweigerten mir den gewünschten Kredit, so daß ich mich an Finanzinstitute wenden mußte, die bezüglich der Zinsen um einiges anspruchsvoller waren. Ich unterschrieb Wechsel. Der Bohrer traf ein, aber die Gebrauchsanweisung war auf deutsch. Als ich ihn an den Patienten ausprobierte, verlor ich einige von ihnen. Die Wechsel wurden erstaunlich schnell fällig, und ich mußte um neue Darlehen nachsuchen, um sie einzulösen. Kurzum, ich geriet in heillose Verschuldung. Mein Glaube und meine Verantwortung als Vater und Ehemann verwehrten mir die feige Lösung des Selbstmords. Ich konnte einzig noch aufs Zuchthaus und die Entehrung warten. Nur schon der Gedanke, meine Frau müßte eine Arbeit aufnehmen, war mir verhaßt. Ich will meine Sünden in keiner Weie bemänteln, ich möchte bloß, daß Sie meine Situation verstehen und meine Ängste richtig einschätzen.

Eines Vormittags erschien ein eleganter, ernster Herr in meiner Praxis. Ich dachte, er bringe einen Räumungsbefehl oder gar eine Vorladung, aber er war kein Gerichtsbevollmächtigter, wie seine Kleidung und seine Stattlichkeit hätten glauben lassen können, sondern ein Finanzmann, der seine Identität nicht preisgeben wollte, aber deutlich machte, daß er um meine Nöte wußte, und sagte, er könne mir helfen. Ich wollte ihm die Hand küssen, aber er hob sie – so –, und ich saugte bloß Luft ein. Er fragte, ob ich eine Tochter im Internat von San Gervasio hätte, was ich bejahte. Dann fragte er, ob ich bereit sei, ihm einen Gefallen zu erweisen und ein Geheimnis zu hüten, und gab mir sein Wort, daß der Kleinen kein Schaden zugefügt würde. Was sollte ich tun? Ich war sozusagen zwischen Hammer und Amboß. Also ließ ich mich auf das ein, was er von mir verlangte. Vorletzte Nacht brachte er die Kleine nach Hause; sie war sehr blaß und sah aus wie tot, aber der Herr versicherte uns, sie sei wohlauf, er habe ihr, das sei Teil seines Plans, ein Beruhigungsmittel verabreichen müssen. Er gab mir eine Schachtel Kapseln, von denen das Mädchen alle zwei Stunden eine nehmen sollte. Dank meiner Berufskenntnisse sah ich, daß die Kapseln Äther enthielten, und wollte von der Vereinbarung zurücktreten, doch der Herr schnitt meinen Protest mit sardonischem Lachen ab – ich mach's Ihnen vor: ›Har har‹.

›Zu spät für Reue‹, sagte er. ›Nicht nur verfüge ich über die Wechsel, die Sie akzeptiert haben und die beim geringsten Anzeichen von Insubordination zu Protest gehen werden, sondern diese ganze Geschichte hat längst die Grenzen dessen überschritten, was das Strafgesetzbuch vorschreibt. Weder Sie noch Ihre Frau, ja nicht einmal Ihre Tochter werden der gerichtlichen Verfolgung entgehen, wenn Sie sich nicht strikt an meine Anweisungen halten.‹

Und so haben wir in Angst und Ohnmacht diese beiden letzten Tage verbracht, der Kleinen die Drogen verabreicht und darauf gewartet, daß von einem Moment zum andern das Gesetz mit seinem ganzen Gewicht auf uns herabstürzt. Heute abend ist der fragliche Herr wieder gekommen und hat mir befohlen, ihm das Mädchen auszuhändigen. Wir haben sie in ein Laken gewickelt und in den Kofferraum des Wagens gelegt, wie Sie es ja offenbar mitangesehen haben. Das ist alles.«

Der Odontologe verstummte, und wieder schüttelte Schluchzen seinen Körper. Die Frau stand auf, ging durchs Wohnzimmer und versenkte sich in die Betrachtung der welken Geranien, die den winzigen Balkon schmückten. Als sie sprach, schien ihre Stimme aus der Tiefe des Magens zu kommen.

»Ach, Pluto, es war mein Pech, daß ich dich geheiratet habe. Immer warst du ein Ehrgeizling ohne Schwung, ein Tyrann ohne Größe, ein Luftikus ohne Charme. In deinen Träumen warst du eitel und angesichts der Wirklichkeit verzagt. Nie hast du mir etwas von dem gegeben, was ich erwartete, nicht einmal, was ich nicht erwartete und wofür ich genauso dankbar gewesen wäre. Von meiner bodenlosen Leidensfähigkeit hast du nur gerade meine Unterwürfigkeit ausgenutzt. Bei dir hat mir nicht nur die Leidenschaft, sondern auch die Zärtlichkeit gefehlt, nicht nur die Liebe, sondern auch die Geborgenheit. Würde ich mich nicht so sehr vor dem Elend der Einsamkeit und Not fürchten, ich hätte dich schon tausendmal verlassen. Aber diese Geschichte ist der Tropfen, der das Faß zum Überlaufen bringt. Such dir einen Anwalt, und wir werden die Scheidung einleiten.«

Sie ging aus dem Wohnzimmer, ohne auf das aufgeregte Fuchteln ihres Mannes zu achten, der die Sprache verloren zu haben schien. Wir hörten ihre Absätze auf dem Gang und dann ein wütendes Türezuschlagen.

»Sie hat sich im Bad eingeschlossen«, informierte mich der Zahnarzt bekümmert. »Das tut sie immer, wenn sie einen hysterischen Anfall kriegt.«

Da ich es mir zur Regel gemacht hatte, mich nicht in die Eheangelegenheiten meines Nächsten zu mischen, stand ich auf, um zu gehen, doch der Zahnarzt hielt mich mit beiden Händen am Arm fest und zwang mich, wieder Platz zu nehmen. Man hörte einen Hahn rauschen.

»Sie sind ein Mann«, sagte er, »Sie werden mich verstehen. Mit den Frauen ist es so: Man bietet ihnen ein gemachtes Nest, und sie beklagen sich; man läßt ihnen freie Hand, und wieder beklagen sie sich. Alle Verantwortungen fallen auf uns zurück, alle Entscheidungen haben wir zu treffen. Sie fällen das Urteil: Kommt's gut heraus, dann mag's ja angehen, kommt's aber schlecht heraus, dann bist du ein Schwächling. Ihre Mütter haben ihnen den Kopf mit Flausen vollgestopft, und alle halten sich für Grace Kelly. Aber Sie verstehen natürlich nicht, was ich Ihnen da sage. Sie machen ein Was-geht-mich-denn-das-an-Gesicht. So, wie Sie aussehen, gehören Sie zu dieser glücklichen Klasse, der ebenfalls alles vorgekaut wird. Leute wie Sie brauchen sich um nichts zu kümmern, weder schicken Sie Ihre Kinder zur Schule, noch bringen Sie sie zum Arzt oder müssen sie einkleiden oder ihnen zu essen geben – Sie lassen sie nackt auf die Straße, und dann mögen sie sehen, wie sie zurechtkommen. Für Ihresgleichen spielt es keine Rolle, ob sie deren eins oder vierzig haben. Sie laufen in Lumpen umher, leben auf einem Haufen wie die Tiere, besuchen keine Vorstellungen und können nicht zwischen einem Filet und einer zerquetschten Ratte unterscheiden. Die Wirtschaftskrisen lassen Sie kalt. Ohne sich um Ausgaben zu kümmern, können Sie Ihre gesamten Einkünfte dafür verwenden, sich zu erniedrigen. Wer verlangt denn schon Rechenschaft von Ihnen? Wenn das Geld nicht reicht, streiken Sie und warten, bis der Staat für Sie die Kastanien aus dem Feuer holt. Sie werden alt, und da Sie nicht einen Duro zusammengekratzt haben, werfen Sie sich der Sozialversicherung in die Arme. Und wer garantiert unterdessen den Fortschritt? Wer bezahlt die Steuern? Wer hält das Haus in Ordnung? Sie wissen es nicht? Wir, mein Herr, die Zahnärzte!«

Ich sagte, er habe vollkommen recht, wünschte ihm gute Nacht und brach auf, denn es war spät geworden, und ich hatte noch einige offene Fragen zu klären. Als ich wieder durch den Gang zur Tür ging, hörte ich ein Plätschern aus dem Raum, in dem ich das Badezimmer vermutete.

Auf der Straße glänzten die Taxis durch Abwesenheit, und mit den öffentlichen Verkehrsmitteln war ohnehin nicht zu rechnen. Ich fiel in einen kurzen, leichten Trab und kam bis auf die Knochen durchnäßt zur Bar in der Calle Escudellers, wo ich mich mit Mercedes verabredet hatte. Sie war von Nachtschwärmern umgeben, die sie aufreißen wollten. Die Ärmste kam nicht umsonst aus einem

anständigen Dorf und war über soviel Unverschämtheit entgeistert, gab sich aber aufgekratzt
und forsch, als sie mich hereinkommen sah. Ein
Typ mit offenem Hemd, unter dem man einen Pelz
und Tätowierungen erkannte, musterte mich pro-
vokativ aus geröteten Augen.

»Wir hätten uns auch im ›Sándor‹ verabreden
können«, sagte Mercedes vorwurfsvoll.

»Daran hab' ich nicht gedacht.«

»Ist das dein Typ, Miststück?« fragte der Schlä-
ger mit dem aufschlußreichen Hemd.

»Mein Freund«, sagte Mercedes unvorsichtiger-
weise.

»Na, dann werd' ich Findus-Kroketten aus ihm
machen«, gab der Maulheld an.

Er packte eine leere Weinflasche am Hals und
zerschmetterte sie am Marmortresen; dabei drangen ihm die Scherben in die Hand, und er begann
stark zu bluten.

»Scheiße!« rief er. »In den Filmen klappt das immer.«

»Dort sind es keine echten Flaschen«, sagte ich.
»Gestatten Sie, daß ich mir Ihre Hand anschaue?
Ich bin Arztgehilfe im Klinikum.«

Er zeigte mir seine blutende Hand, und ich ent-
leerte einen Salzstreuer in seine Wunden. Während
er heulte vor Schmerz, zerschmetterte ich einen Bar-
hocker auf seinem Kopf und ließ ihn auf dem Boden
liegen. Der Barbesitzer forderte uns auf, schleunigst
zu verschwinden, er wolle keine Schlägerei. Draußen begann Mercedes zu weinen.

»Ich hab' dem Wagen nicht folgen können, wie

du mir aufgetragen hast. Er hat mich abgehängt. Und nachher hatte ich schreckliche Angst.«

Ihre Bekümmernis stimmte mich sehr zärtlich, und fast tat es mir leid, sie in diese Geschichte mithineingezogen zu haben.

»Mach dir keine Sorgen mehr, Kindchen. Ich bin ja da, und alles wird gut enden. Wo hast du den Wagen?«

»Falsch geparkt in der Calle del Carmen.«

»Also, gehen wir.«

Als wir zum Auto kamen, war gerade der Kranwagen dabei, es aufzubocken. Nicht ohne Diskussion erklärten sich die städtischen Beamten damit einverstanden, daß wir die Buße beglichen und das Vehikel behielten. Gegen das Geld händigten sie uns eine säuberlich zusammengefaltete Quittung aus und befahlen uns, sie nicht eher zu lesen, als bis sie gegangen wären. Auf der Quittung stand: »Sie sind konstant in Ihren Gefühlen, aber Ihre Unnahbarkeit kann zu Mißverständnissen führen; achten Sie auf Ihre Bronchien.«

»Ich fürchte«, sagte ich, »man hat uns reingelegt.«

16. Kapitel

Der Gang der hundert Türen

Es war schon fast zwei Uhr morgens, als Mercedes endlich ihren 600er in einem Gäßchen relativ nahe bei der Schule der Lazaristenschwestern abstellen konnte. Ich lud mir die an diesem Nachmittag erstandenen Utensilien auf die Schulter, und wir marschierten los durch verlassene Straßen. Gott sei Dank hatte es zu regnen aufgehört.

»Vergiß die Anweisungen nicht«, sagte ich zu Mercedes. »Wenn ich bis in zwei Stunden kein Lebenszeichen gegeben habe...«

»...ruf' ich Kommissar Flores an, ich weiß, ich weiß. Du hast's mir schon hundertmal gesagt. Hältst du mich eigentlich für dämlich?«

»Ich will bloß keine unnützen Risiken eingehen, versteh das doch. Ich weiß nicht, was in dieser verflixten Krypta auf mich zukommt, hingegen weiß ich sehr genau, daß die Leute, die sich ihrer bedienen, nicht viel Federlesens machen.«

»Für den Anfang wirst du es mit der Riesenfliege zu tun haben.«

»Diese Riesenfliege gibt es nicht, Dummchen. Was du gesehen hast, war ein Mann mit einer Gasmaske vor dem Gesicht. Anscheinend haben diese Typen eine Vorliebe für den Äther.«

»Solltest du nicht einen Kanarienvogel mitnehmen?«

»Das fehlte mir gerade noch!«

185

Wir waren vor dem stachelgespickten Gittertor stehengeblieben. Die Stille hatte etwas Erschrekkendes, und im Schulhaus brannte kein einziges Licht. Vor lauter Unschlüssigkeit seufzte ich tief. Mercedes raunte mir ins Ohr:

»Mut.«

Ich mochte ihr nicht sagen, daß mich genau der Umstand, von ihr abhängig zu sein, beunruhigte, denn ich wußte von ihr ja nur gerade, daß sie eben erst einen moralischen Mord begangen hatte, und die paar weiteren Angaben, die sie mir zu machen geruhte.

»Wünsch mir Glück«, sagte ich, so wie ich's in den Filmen gehört hatte.

»Falls wir uns nicht mehr sehen sollten«, meinte Mercedes mit vollendetem Taktgefühl, »möchte ich, daß du eines weißt: Was ich diesen Nachmittag gesagt habe, nämlich daß ich verklemmt bin, das stimmt nicht. Ich hab' eine Unmenge Liebhaber gehabt und bin mit allen Schwarzen ins Bett gegangen: Männern, Frauen, Kindern, Kamelen, mit allen. Ein ganzer Stamm.«

Ich vermutete, die Gefahr habe ihre Fantasie beflügelt, und sagte, ich glaube ihr aufs Wort. Mittlerweile hatte ich gefunden, was ich suchte: einen Haufen frischproduzierten Hundekots. Äußerst vorsichtig, um seine ursprüngliche Form nicht zu verändern, hob ich ihn vom Gehweg auf und warf ihn zwischen den Gitterstäben hindurch in den Schulgarten. Unverzüglich erschienen die beiden Hirtenhunde auf der Bildfläche und verhielten sich wie vorhergesehen; ich habe nämlich beobachtet, daß die Hunde, die als intelligente Tiere gelten, die Ausscheidungen ihrer Artgenossen mit offensichtlicher Lust beschnuppern, und die beiden bildeten keine Ausnahme von dieser unglücklichen Regel. Während sich also die Zerberusse mit einem so wohlfeilen Geschenk vergnügten, rannten wir um die Mauer herum bis zu ihrem andern Ende, wo sie etwas weniger hoch war. Ich kletterte Mercedes, die trotz meiner ausgemergelten Leibesbeschaffenheit schwankte wie eine Nußschale im Wind, auf die Schultern und breitete oben auf der Mauer eine Wolldecke aus, die wir am nämlichen Nachmittag in einem entsprechenden Geschäft gekauft hatten. So konnte ich hinübersteigen, ohne daß die einzementierten Scherben aus mir einen Ecce-Homo machten. Während ich mir den von Mercedes heraufgereichten Beutel umhängte, erforschte ich das Panorama: Von den Hunden war nichts zu sehen. Ich entnahm dem Beutel eine prächtige, auf dem Ninot-Markt gekaufte Bratwurst, mit der ich die Hunde zu bestechen gedachte, sollte es brenzlig werden, und sprang zu Boden. Der weiche Rasen dämpfte den Aufprall. Von der Straße aus zog Mercedes an der Decke, um jede Spur des Aufstiegs zu verwischen, und dabei geschah etwas Unvorhergesehenes: Eine zweite Decke, deren Vorhandensein wir bis dahin nicht bemerkt hatten, löste sich aus den Falten der ersten, fiel auf mich und vermummte mich so, wie sich die Gespenster vermummen, so daß ich über eine aus dem Boden ragende Wurzel strauchelte und, zum Paket geworden, auf die Nase fiel. Nun erinnerte ich mich, daß im Deckengeschäft ein Schild gehangen und verkündet hatte, allen Brautpaaren, die ein derartiges Stück kauften, würde ein zweites von identischer Größe, Farbe und Machart geschenkt, ob sie es nun brauchten oder nicht. Ich hatte nicht auf dieses Detail geachtet, da Mercedes und ich mit unserem Verhalten keinerlei Anlaß zu Vermutungen über die Natur unserer Beziehung gegeben hatten.

Kurzum, ich war wie gesagt in den Kampf mit der Decke verstrickt, als ich ein bedrohliches Knurren vernahm und durch die Wolle, wenn denn die Decke aus diesem Material bestand, die feuchte Schnauze der Hunde spürte, die ihr Spielzeug liegengelassen hatten und auf das Geräusch meines Sturzes hin in vorbildlichem Eifer herbeigeeilt waren. Glücklicherweise verströmen alle neuen Wolldecken einen sehr eigenen, nicht besonders guten Geruch, der es den Hunden verwehrte, unter der Hülle die Anwesenheit eines menschlichen Wesens auszumachen. Fest entschlossen, von diesem unerwarteten Umstand zu profitieren, und mit der mir für ihren astronomischen Preis übermäßig hart erscheinenden Wurst zwischen den Zähnen, kroch ich auf allen vieren über den Rasen, wobei ich darauf bedacht war, keine der Extremitäten, mit denen ich ausgestattet bin, unter der Decke hervorschauen zu lassen, und gelangte so bis zur Schulhausmauer, immer eskortiert von den Hunden, die sich den Kopf zerbrechen mußten beim Versuch, herauszufinden, was das wohl sein mochte. Nun kam ein heikler Moment: nämlich mein Refugium zu verlassen und ins Haus einzudringen.

Vorsichtig lüftete ich auf der einen Seite die Decke und warf mit aller Kraft die Wurst darunter hervor, der die Hunde hinterherrannten. Von ihnen befreit, brachte ich mich wieder in vertikale Stellung und nahm die sich vor mir erhebende Wand in Augenschein, um mit Schrecken festzustellen, daß weder ein Fenster noch Kletterpflanzen oder sonst etwas vorhanden war, woran ich mich hätte festhalten und in die Höhe ziehen können. Schon kamen die Hunde zurückgejagt, die Bratwurst in den Lefzen des einen, als ich in der mich lähmenden Verzweiflung die Idee hatte, die Wolldecke über sie zu werfen, so daß sich beide darin verfingen, womit sich die Rollen vertauschten, welche die Hunde und ich noch vor wenigen Augenblicken im großen Welttheater verkörpert hatten. Ich vermute, sie bissen einander oder gaben sich, geschützt vor fremder Neugier, einer wollüstigen Beschäftigung hin, denn wenn es ums Vergnügen geht, sind Hunde nicht zimperlich. Ich meinerseits lief dicht an der Hauswand weiter, bis ich ein des milden Wetters halber offenstehendes Fensterloch entdeckte, durch das ich mich mit der der Panik eigenen Gewandtheit hineinschmuggelte.

Ich hatte keine Ahnung, wo ich mich befand, aber ein leises Schnarchen zeigte mir an, daß ich in einer Zelle gelandet war, in der vermutlich eine Nonne schlief. Ich angelte die Taschenlampe, die wir ebenfalls gekauft hatten, aus dem Beutel und stellte, als ich mich ihrer bedienen wollte, fest, daß ich die Bratwurst in den Händen hielt und in meiner den Umständen entsprechenden Nervosität den

Hunden die Laterne gespendet hatte. Also versuchte ich im Dunkeln, mich dem Schnarchen fernzuhalten, und stieß dabei auf eine Tür, deren Knauf sich widerstandslos drehen ließ. Die Tür öffnete sich und führte mich auf einen Gang, der immer im rechten Winkel nach links abbog, so daß ich, mich an den Wänden entlangtastend, mehrere vollständige Runden drehte und wiederholt an den Ausgangspunkt zurückkam. Mittlerweile hatte ich schon jedes Orientierungs- und Zeitgefühl verloren. Ich mochte gar nicht nachprüfen, was sich hinter den Türen befand, die meine Hand berührte, denn ich befürchtete, auch sie gehörten alle zu einem Schlafzimmer. Aber da ich den Gedanken verwarf, der Korridor habe keinen Ausgang und die Nonnen müßten durch die zugehörigen Fenster in ihre Zimmer einsteigen, sagte ich mir, eine der hundert abgetasteten Türen bilde bestimmt eine Verbindung mit dem Rest des Hauses. Doch welche?

Wild in den Nasenlöchern bohrend, was dem Nachdenken sehr förderlich ist, besann ich mich plötzlich auf die Eigentümlichkeit der religiösen Orden und fand rasch eine Lösung für das anstehende Problem. Noch einmal durchlief ich den ganzen Gang, befühlte diesmal mit den Händen nacheinander sämtliche Türen und stellte erfreut fest, daß nur eine einzige von ihnen ein Schloß hatte. Mit einer Nagelfeile aus dem Beutel und der in meiner kriminellen Vergangenheit erworbenen Erfahrung brach ich das Schloß auf und gelangte zu einer in den ersten Stock führenden Treppe.

Ich kam in ein Refektorium, auf dessen Tischen

schon das Frühstücksgeschirr bereitstand. Das erinnerte mich daran, daß ich seit dem Essen bei Mercedes nichts mehr zu mir genommen hatte, und so setzte ich mich auf eine der schmalen Bänke und verzehrte die Bratwurst, die mir, obwohl sie roh war, köstlich schmeckte. Wieder bei Kräften, setzte ich meine Erkundungen fort. Ich fasse die Umstände dieser endlosen Wallfahrt durch das Internat zusammen und sage lediglich, daß ich zu guter Letzt dank Mercedes' minuziöser Beschreibung die Tür zum Schlafsaal der Schülerinnen fand, mit der Feile das Schloß knackte und so leise hineinging, daß keines der Mädchen erwachte. Der Schlafsaal war ein großer rechteckiger Raum, an dessen Längsseiten in zwei Reihen die Betten ausgerichtet waren. Links von jedem Bett stand ein Nachttisch und rechts ein Stuhl, auf dem sorgfältig zusammengelegt die Uniformen der Mädchen und – o verwirrender Anblick! – ihre Höschen lagen. Ein rascher Überschlag machte mir klar, daß ich der einzige Mann unter vierundsechzig Engelchen auf dem Höhepunkt der Pubertät war. Nun mußte ich nur noch herausfinden, welches von den vierundsechzig Mädchen die Zahnarzttochter war, um den ersten Teil meines Plans zum Abschluß zu bringen. Zweifellos werden Sie sich fragen, geschätzter Leser, wie ich das betreffende Mädchen erkannte, das ich ja noch nie gesehen hatte, und sollte das der Fall sein, so finden Sie die Antwort darauf im nächsten Kapitel.

17. Kapitel

In der Krypta

Zum zweitenmal in dieser Nacht, wenn auch nicht in meinem Leben, ließ ich mich auf alle viere nieder und begann zwischen den Betten hindurchzukriechen, um die paarweise unter die Stühle gestellten Schuhe abzutasten. Alle waren regennaß außer einem Paar: dem der Zahnarzttochter. Nachdem sich der Gegenstand meiner Untersuchung auf diese einfache Art ausgezeichnet hatte, konnte der zweite, kniffligere Teil des Programms in Angriff genommen werden. Ich zog ein mit Purodor, einem in Vorstadtkino-WCs sehr geschätzten Zusatzstoff, getränktes Taschentuch aus dem Beutel und bedeckte mir damit Nase und Mund, indem ich es im Nacken zusammenknüpfte und mich so in einen Westernschurken verwandelte. Dann nahm ich eine Ampulle mit Äther heraus, die Mercedes, meinem Beispiel folgend, in einer Apotheke eingesteckt hatte, während ich die Verkäuferinnen ablenkte, indem ich vorgab, Präservative kaufen zu wollen, es aber nicht auszusprechen wagte. Mit der Nagelfeile brach ich die Ampulle auf und hielt der Kleinen den Äther vors Näschen, wo das Pharmakon verdunstete. Ich mußte keine fünf Sekunden warten, bis sich das Mädchen im Bett aufrichtete, Laken und Decke von sich warf und die Füße auf den Boden setzte. Vorsichtig nahm ich sie am Arm und führte sie zur Tür, ohne daß sich an ihrer Gefügigkeit etwas änderte. Ich schloß die Tür wieder hinter uns, und gemeinsam durchquerten wir das Badezimmer, gingen über die Treppe und durch den Ankleideraum bis zur Kapelle und kamen so zum falschen Grabstein, auf dem zu lesen stand: V. H. H. und dann der Satz HINC ILLAE LACRIMAE. Ich ließ das Mädchen reglos neben einem Schränkchen mit Ornaten stehen und zog kräftig am Ring, der auf dem Grabstein vorstand. Die verdammte Platte löste sich nicht, und es erstaunte mich, daß Mercedes, damals ein zartes heranwachsendes Mädchen, sie seinerzeit aus eigenen Kräften hatte heben können. Nach mehreren mühseligen Versuchen gab der Stein nach; ich zog ihn weg und legte ein dunkles, übelriechendes Loch frei, in das ich hineinstieg. Ich strauchelte, fiel auf die Schnauze und fand mich in den Armen eines schauerlichen Skeletts. Mit Mühe unterdrückte ich einen Schrei und rannte wieder aus der Gruft, nicht ohne mich zu fragen, was das zu bedeuten hatte, bis in meinem Hirn Licht wurde und ich meine Blödheit verfluchte. Ich Esel! In meiner Voreiligkeit hatte ich mich im Grab geirrt und dasjenige mit den sterblichen Überresten von V. H. H. entweiht. Wären meine Fremdsprachenunkenntnisse nicht gar so kraß gewesen, so hätte ich bemerkt, daß die Inschrift auf der eben gehobenen Platte nicht mit der von Mercedes zitierten übereinstimmte. Aber unbegabt, wie ich bin, verwechselte ich das eine Epitaph mit dem andern – wie jener Schweizer, den ich einmal kennenlernte und der nur gerade ein einziges spanisches Wort konnte, nämlich »puñeta«, was nicht gerade fein ist, und es an allen Ecken und Enden wiederholte, im Glauben, wer immer es höre, werde seine Absichten schon richtig deuten. Bei dieser Gelegenheit hatte ich ihm Talkumpuder als Kokain angedreht, und der eingebildete, schwachsinnige Schweizer bezahlte es bar auf die Hand und schnüffelte es begeistert ein, bis er wie ein Clown aussah. Und jetzt verhielt ich mich genauso trottelig. Sagen Sie niemals, lieber Leser, daß Ihnen so was nie passieren kann.

Von meinem Schrecken erholt, aber noch immer sehr aufgeregt, wischte ich mir mit dem Taschentuch, das mir die Atemöffnungen bedeckte, den Schweiß von der Stirn und verwahrte es danach zerstreut im Beutel, eine Nachlässigkeit, die mich teuer zu stehen kam, wie man sehen wird.

Die Platte mit dem richtigen Dreh, um es so auszudrücken, lag neben derjenigen, die ich gelüftet hatte; sie gab beim ersten Ziehen nach, so daß ich freien Zugang zu der von Mercedes beschriebenen Treppe hatte, welche ich nun hinunterstieg, das Mädchen vor mir herschiebend, falls ich in einen verborgenen Hinterhalt geraten sollte. Die Dunkelheit war vollkommen, und ich beklagte den Verlust der Lampe außerordentlich. Vorsichtshalber und vielleicht auch aus Nervosität drückte ich den Arm der Kleinen so stark, daß sie in ihren Träumen zu wimmern begann. Ich gebe zu, das war nicht gerade eine sehr rücksichtsvolle Behandlung, aber wer das so empfindet, den muß ich daran erinnern, daß wir uns am Eingang zu einem Labyrinth befanden und daß mich nur das kataleptische Unschuldslamm, das ich bei mir hatte, sicher durch diesen Irrgarten führen konnte – aus diesem Grund hatte ich sie schließlich gekidnappt, sonst hätte ich wohl kaum im Untergrund das Kindermädchen gespielt. Wer einen andern Verdacht hegen sollte, den muß ich davon in Kenntnis setzen, daß das Mädchen ein Ferkelgesichtchen hatte und sich in einer Entwicklungsphase befand, in der nichts Sinnvolles mit ihm anzufangen war, außer im Erziehungsbereich. Und schließlich wird bestimmt noch jemand einwenden, der Umstand, daß sie einmal in hypnotisiertem Zustand durch das Labyrinth gefunden habe, sei noch keineswegs die Voraussetzung dafür gewesen, das Kunststück nun mit demselben Erfolg zu wiederholen, und dieser Person muß ich absolut beipflichten, denn kaum hatten wir hundert Schritte hinter uns gebracht, als wir uns auch schon verirrten. Wir marschierten weiter und weiter, und ein Gang führte zu einem andern und dieser zu einem dritten, keiner andern Logik oder Systematik gehorchend als der Böswilligkeit dessen, der sich dieses wahnwitzige Gebilde ausgedacht hatte.

»Ich fürchte sehr, meine Hübsche, das ist das Ende«, sagte ich zu dem Mädchen, obwohl ich wußte, daß es mich nicht hören konnte. »Ich will nicht sagen, daß mir das egal ist, denn ich hänge leidenschaftlich und, wie viele meinen, ungerechtfertigterweise an meiner Haut, aber in gewisser Hinsicht ist es normal, daß ein Blödmann wie ich seine Tage in so einer architektonischen Allegorie seines Lebenswegs beschließt. Hingegen tut es mir außerordentlich leid, daß dich dasselbe Schicksal erwartet wie mich, wo du doch vollkommen frei von

Schuld bist. Das ist offenbar das Los gewisser Menschenwesen, wie es auch dein Vater vor kurzem zu verstehen geben wollte, und ich werde nicht gerade jetzt etwas gegen die Ordnung des Universums einwenden. Es gibt Vögelchen, die einzig dazu da sind, Blumen zu bestäuben, welche andere Tiere fressen, um Milch zu geben. Und es gibt Leute, die aus dieser Verkettung ihre Lehren ziehen. Vielleicht gibt es sie, ich weiß es nicht. Ich armer Teufel war immer nur auf meinen eigenen Vorteil bedacht, ohne die Maschinerie verstehen zu wollen, von der ich vielleicht ein Teilchen bin, so wie man an den Tankstellen auf die Pneus spuckt, nachdem man sie aufgepumpt hat. Aber mit dieser Philosophie, wenn es überhaupt eine ist, bin ich auf keinen grünen Zweig gekommen, wie du siehst, Kleine.«

Dieser traurige Vortrag – die Moral meines Herumirrens in der Welt – hinderte mich aber nicht an der Feststellung, daß sich die schlechte, staubige Luft im Gang, in dem wir uns gerade befanden, allmählich mit einem unbestimmten Geruch wie nach Brillantine oder After-shave-Lotion füllte, was mich auf den Gedanken brachte, möglicherweise lauere uns ein Dandy auf. Ich zog den zu Verteidigungszwecken mitgenommenen Hammer aus dem Beutel und mußte dazu das Mädchen loslassen. Als ich sie wieder am Arm nehmen wollte, griffen meine Hände ins Leere. Nebenbei muß ich sagen, daß eine Pistole praktischer gewesen wäre als ein Hammer, aber ihr Erwerb in einem Waffengeschäft hätte wegen der Lizenz unlösbare Probleme geschaffen, und der Schwarzmarkt verbot sich mir, waren doch die Preise in jüngster Zeit wegen des überhandnehmenden Terrorismus rasant in die Höhe geschnellt.

Zunächst nahm ich an, das Mädchen sei mir vorausgegangen, und wollte meine Schritte beschleunigen, um es einzuholen, doch die Beine wurden mir immer schwerer, und nur mit großer Anstrengung konnte ich weitergehen. Ich verspürte ein Bauchgrimmen, das ich der zuvor verdrückten Bratwurst zuschrieb, und eine leichte, aber keineswegs unangenehme Übelkeit. Ich fiel hin, stand wieder auf und marschierte weiter, immer weiter und weiter, bis ich allmählich glaubte, mein ganzes Leben lang nichts anderes getan zu haben. Dann erblickte ich in weiter Ferne eine grünliche Phosphoreszenz und meinte eine Stimme zu hören, die mir zurief:

»He, du, worauf wartest du?«

Und obwohl ich mich am liebsten auf den Boden gesetzt hätte, schritt ich auf die Phosphoreszenz zu, da es Mercedes' Stimme war, die mich anstachelte, nicht schlappzumachen, und ich dachte, vielleicht brauche sie meine Hilfe. Es kostete mich so große Mühe, mich zu bewegen, daß ich Hammer und Beutel auf dem Boden liegenlassen mußte, und bloß weil mir eine solche Albernheit gar nicht in den Sinn kam, ließ ich nicht auch die Fetzen liegen, die ich noch am Leib trug. Ein Pfiff durchbohrte mir das Trommelfell, und als ich mir mit den Händen die Ohren zuhalten wollte, stellte ich fest, daß ich die Arme nicht heben konnte.

»Vorwärts, vorwärts«, trieb mich Mercedes' Stimme an.

Und ich sagte mir immer wieder:

»Laß dich nicht einwickeln, Unglückseliger, das ist alles nur eine Halluzination. Der Gang ist voller Äther. Sei vorsichtig – es ist eine Halluzination.«

»Das sagt ihr alle«, lachte Mercedes, »aber nachher benehmt ihr euch doch, als wär's keine, ihr Ferkel. Los, komm, berühr meine Paradiesäpfel, und dann siehst du ja, ob ich eine Frucht deiner Einbildung bin oder nicht.«

Und ihre Gestalt, die sich jetzt im grünlichen Licht der Krypta deutlich abhob, streckte mir einladend die Arme entgegen, welche kaum über die zwischen ihnen prangende himmlische Melonenplantage hinausreichten.

»Nur eine Sinnestäuschung«, sagte ich, »konnte die Natur meiner Zuneigung zu dir offenbaren, Mercedes.«

»Und was spielt das für eine Rolle«, entgegnete sie, ohne deutlich zu machen, was sie damit meinte, »wenn es dir geholfen hat, den verlorenen Weg wiederzufinden?«

Im Halbdunkel hinter mir ergänzte eine Stimme:

»Aber der Trug wird nicht lange anhalten, meine Taube.«

Als ich mich umdrehen wollte, um festzustellen, wer diesen bedrohlichen Satz geäußert hatte, umklammerte mich Mercedes mit beiden Armen und machte mich so bewegungsunfähig, wie Bengoechea an den Boxveranstaltungen im Iris-Salon Tarrés bewegungsunfähig gemacht hatte, was mein Verteidigungs-, nicht aber mein Fortpflanzungspotential auf Null reduzierte, wie ich beinahe vorzeitig kundgetan hätte.

»Wer ist da?« fragte ich halbtot vor Angst.

Und aus seinem Versteck trat ein kräftiger, glänzender, mit einem Goldlaméschurz bekleideter Schwarzer, der, meine Bewegungslosigkeit ausnutzend, zu mir trat, mein Gesäß befummelte und mit unüberhörbarem Sarkasmus sagte:

»Ich bin der Schoko-Schwarze aus dem tropischen Afrika« — dabei ließ er das Gummiband seines Slips auf die eingeölte Haut klatschen — »und werde dir die vielseitigen Eigenschaften dieses unvergleichlichen Produkts zeigen.«

»Ich bin nicht gay«, schrie ich, mich des modischen Jargons bedienend, von dem ich annahm, er sei ihm geläufig. »Zwar habe ich Probleme wie jedermann, aber ich bin nicht das, was Sie denken. Ich habe nichts gegen die Gays, außer daß ich die Verwendung eines solchen Barbarismus mißbillige, wo es doch in unserer Sprache so viele passende Synonyme gibt — ein Phänomen übrigens, in dem ich nicht nur die Servilität unserer Kultur gegenüber allem Fremden sehe, sondern auch eine gewisse Scham, die Dinge bei ihrem Namen zu nennen.«

Aber der Schwarze hatte aus der Ausbuchtung seines Lendenschurzes ein kleines Taschenbuch gezogen und las mit monotoner Stimme eine Passage daraus vor.

»Wir alle haben einen gewissen Prozentsatz an latenter Ambiguität in unserer Persönlichkeit«, resümierte er das Gelesene und verwahrte das Buch wieder in seinem knappen Fetzchen Stoff, »mit der wir ohne Stolz, aber auch ohne Scham zu leben lernen müssen. Sie sehen« — er deutete auf die Ausbuchtung mit dem Buch —, »daß beispielsweise das, was man über die Schwarzen sagt, eine reine Frage der Kultur ist. Entschuldigen Sie das schlichte Wortspiel, aber die Liebe zum Paradox wohnt den wenig komplexen Kulturen inne.«

»Ob Halluzinationen oder nicht«, sagte ich, während ich mich nicht ohne Mühe aus Mercedes' Umarmung löste, »Sie werden mich nicht einer billigen und tendenziösen Psychoanalyse unterziehen. Ich bin hergekommen, um einen Fall aufzuklären, und das gedenke ich mit oder ohne Ihre Einwilligung zu tun.«

Ich lief zum andern Ende der Krypta, um mich wenn nicht bravourös, so doch wenigstens rasch aus der Affäre zu ziehen. Während des Rennens fragte ich mich, was wohl aus dem armen Mädchen geworden sein mochte, das ich mir noch immer durch die Gänge des Labyrinths irrend vorstellte, als ich mit dem Kopf an eine harte waagerechte Fläche stieß, was mich schlagartig in die Wirklichkeit zurückversetzte, falls dies denn die Wirklichkeit war. Ich schaute auf und sah, daß ich an einen niedrigen Tisch mit Gußeisenbeinen und Marmorplatte geprallt war, der irgendwie an den Ladentisch eines Fischgeschäfts erinnerte und auf dem die feierlichen und wenig einnehmenden Formen einer blassen Leiche zu erkennen waren. Ich zuckte erschrocken zusammen und wandte den Blick ab, überzeugt, eben einer Halluzination entkommen zu sein, nur um gleich wieder einer andern, womöglich noch unangenehmeren in die Fänge zu geraten. Wieder schielte ich hin, um zu prüfen, ob die Leiche noch immer dort war, und stellte ohnmächtig fest, daß es so war. Und nicht nur das – im Toten erkannte ich auch den allgegenwärtigen Schweden, den ich knapp zwei Tage zuvor bei meiner Schwester in einem Sessel hatte sitzen sehen. Seine vormals straffe Haut wirkte nun welk und so weich wie ein Pensionatsschmorbraten. Um das Maß vollzumachen, hörte ich unter dem Tisch hervor ein ersticktes Schluchzen. Ich ging auf die Knie und sah meine verweinte Schwester dort kauern. Sie trug ein zerrissenes, schmutziges Nachthemd und war zerzaust, barfuß und ungeschminkt.

»Wie bist du denn an diesen verhängnisvollen Ort gekommen?« fragte ich voller Kummer über den Schmerz, der in ihrer Erscheinung zum Ausdruck kam.

»Du hast mich in diese Schwierigkeiten gebracht«, klagte sie. »Ich war glücklich, solange du im Irrenhaus dahinvegetiertest. Mama hat immer gesagt, du...«

»Nun mal langsam, meine Liebe. Nicht alles, was Mama sagte, ist notgedrungen ein Dogma. Gewiß würde es uns sehr viel helfen, wenn es so wäre, aber weder bei genauem Überlegen noch mit späteren Erfahrungen hat sich ihre Unfehlbarkeit bestätigt.«

»...du würdest mich beschützen, wenn Papa und sie einmal nicht mehr da wären, und wie du ganz richtig sagst, hätte ihre Prophezeiung nicht irriger sein können.«

»Wir alle bezahlen nicht so sehr für unsere eigenen Fehler, verehrtes Fräulein«, sagte der Schwarze, »als für die Kainszeichen, die uns ein verknöchertes, ängstliches Gesellschaftssystem aufzudrücken beliebte. Schauen Sie mich an, als naheliegendstes Beispiel: Immer wollte ich Poet sein, und nun zwingt mich das Rassenvorurteil, die derbsten Erwartungen der Frauen zu befriedigen. Ist es etwa nicht so, mein Schatz?«

»Es wäre eine Verschwendung gewesen, wenn du Sonettdichter geworden wärst, mein Schatz«, sagte Mercedes mit lüsternen Blicken auf die Ausbuchtungen im Höschen des Poeten.

»Wie sagt doch der Klassiker?« beklagte sich dieser. »Man soll den Tag nicht vor dem Abend loben. Ich hatte Talent. Jetzt ist es zu spät, aber ich hätte jemand sein können in der Welt des Showbusineß. Wen imitiere ich?« Er setzte eine Diskantstimme auf und wiegte sich in den Hüften. »Ach, meine Liebe, das Personal heutzutage! Es ist zum Verzweifeln! Sie erraten es nicht? Den Bürgermeister von Zalamea natürlich! Und kennen Sie den? In einem Flugzeug reisen ein Franzose, ein Engländer, ein Deutscher und ein Spanier. Nein? Und den, wie Franco in einem Biscuter fährt? Und den von Avecrem? Tatsächlich sehr vielseitig, aber was hat's mir gebracht? Man hat mir die Rolle des Bruders Besen weggeschnappt.«

»Komm, Cándida«, sagte ich zu meiner Schwester, »laß uns so schnell wie möglich von hier weggehen.«

Und ich kroch unter den Tisch, um meine Worte

in die Tat umzusetzen, aber Cándida zerkratzte mir das Gesicht und gab mir einen Tritt in den Solarplexus, der mir den Atem verschlug.

»Warum behandelst du mich so?« konnte ich gerade noch fragen, bevor ich das Bewußtsein verlor.

18. Kapitel

Das Haus auf dem Berg

Das erste, was ich hörte, als ich wieder zu Bewußtsein kam, war eine sattsam bekannte Stimme, die sagte:

»Schwestern, schließen Sie die Augen, wenn Sie nicht den Hintern eines Mannes sehen wollen. Sie können diese kurze Einkehr dazu nutzen, für die Seele dieses Unglücklichen ein Miserere anzustimmen.«

Ich brachte ein kaum hörbares Murmeln zustande:

»Kommissar Flores! Wie kommen denn Sie hierher?«

»Beweg dich nicht«, sagte die ebenfalls bekannte Stimme von Doktor Sugrañes, »sonst spritz' ich dich noch in die Vorhaut. Das Licht ist etwas schwach, und ich habe auch nicht mehr die ruhige Hand von einst. Habe ich Ihnen eigentlich erzählt, Kommissar, daß ich früher einmal einen Taubenschießwettbewerb gewann? Als Amateur natürlich.« Er sprach das Wort mit französischem Akzent aus.

Ich bemerkte, daß eine ansehnliche Gruppe um mich herumstand: der Kommissar, Doktor Sugrañes, Mercedes und eine Reihe Nonnen, unter denen ich die Superiorin erkannte, die mich im Irrenhaus besucht hatte. Sie hielt das kataleptische Mädchen in den Armen, dessen Nachthemd an verschiedenen

Stellen zerrissen war. Ich fragte, wie man sie gefunden habe.

»Du hattest sie unter diesem Tisch umarmt, du pädophiler Zigeuner«, sagte Kommissar Flores, »aber zu etwas Schlimmerem ist es nicht gekommen, wie Doktor Sugrañes bei der eben vorgenommenen manuellen Sondierung festgestellt hat.«

»Sie haben mir noch nicht gesagt, wie Sie hierhergekommen sind.«

»Ich hab' ihn angerufen, wie du mir aufgetragen hast«, sagte Mercedes und ließ mir die Hose herunter, damit mir Doktor Sugrañes eine Spritze geben konnte.

»Und der Schwarze?« fragte ich.

»Einen solchen Schwarzen gibt es nicht«, antwortete der Doktor. »Du hast deliriert, wie üblich.«

»Ich bin nicht verrückt«, protestierte ich.

»Überlaß das meiner Beurteilung.« Wie immer verbarg der Doktor seine Gereiztheit hinter einem fachmännischen Ton.

Ich spürte, wie mir mit einem alkoholgetränkten Wattebausch der Hintern gescheuert und dann ein feuchter Stachel hineingerammt wurde. Ein bitterer Geschmack stieg mir in den Mund, und einen Moment lang war ich von einem Blitz geblendet. Als ich die Augen wieder öffnete, wischte sich Kommissar Flores an einem Stück Watte die Hände ab und sagte zu Mercedes:

»Diesen Kerl berühren und Tetanus erwischen ist ein und dasselbe. Sie können jetzt die Augen öffnen, Schwestern, die Gefahr des Fleisches ist gebannt.

Und wenn Sie wollen, können Sie sich auch wieder in Ihre Gemächer begeben. Der Doktor hier und meine Wenigkeit werden uns um alles kümmern. Wenn es dann das Gesetz so will, werde ich Ihnen mitteilen, was zu tun ist.«

»Werden wir aussagen müssen, Kommissar?« fragte die Superiorin.

»Das wird der Richter entscheiden.«

»Ich frage nur, weil, wenn es so ist, eine Genehmigung des Bischofs beantragt werden muß. Natürlich nur, wenn man das Konkordat nicht schon vorher außer Kraft setzt.«

Die Nönnchen entfernten sich und nahmen das Mädchen mit. Der Kommissar, Doktor Sugrañes, Mercedes und ich blieben allein in der Krypta zurück.

»In meinen Halluzinationen kam auch eine Leiche vor«, sagte ich zum Doktor. »Ich bin sehr froh, zu erfahren, daß alles nur eine Ausgeburt meiner Fantasie war.«

»Leider hast du die Geschichte mit der Leiche nicht erfunden, Kleiner«, sagte der Kommissar. »Wenn du dieses Laken aufdeckst, kannst du sie sehen.«

Er zeigte auf ein makabres Bündel auf dem Boden. Ich verlangte eine Erklärung.

»Alles zu seiner Zeit. Aber wenn wir schon hier sind, wollen wir doch sehen, wohin dieser Gang führt.« Er zog eine Pistole aus der Gesäßtasche und fingerte an ihr herum. »Folgen Sie mir in einigem Abstand, und schützen Sie sich, so gut Sie können. Bei den Sparmaßnahmen der neuen Regierung habe ich nicht mehr sehr oft Gelegenheit zum Üben und kann nicht für meine Zielsicherheit bürgen. Wenn ich denke, daß ich beinahe zur Olympiade nach Tokio gegangen wäre!«

»In diesem Land erweckt Neid, wer sich auszeichnet«, bemerkte Doktor Sugrañes. »Wie fühlst du dich?«

»Ich kann gehen«, antwortete ich, »aber wollen wir uns jetzt wirklich nochmals in ein Labyrinth hineinwagen?«

»Das ist es wohl nicht«, sagte der Kommissar aus dem Gang heraus. »Und im übrigen – wenn dieses so ist wie das andere, dann kann ich über Labyrinthe nur lachen.«

»Wieso denn?« fragte ich.

»Sämtliche Gänge führten in die Krypta«, erklärte Doktor Sugrañes. »Sicherlich dienten sie einem psychologischen Zweck: nämlich diejenigen zu entmutigen, die den Einstieg in den Geheimgang entdecken sollten. Aber da der Benutzer nicht das Risiko auf sich nehmen wollte, in seine eigene Falle zu gehen, sorgte er dafür, daß, wie das Sprichwort sagt, alle Wege nach Rom führen.«

Mit dem Kommissar an der Spitze verließen wir die Krypta und betraten den Gang, der genau gegenüber der Mündung des Labyrinths begann. Der Kommissar trug eine Taschenlampe, deren Batterien Zeichen von drohender Erschöpfung gaben. Ihm folgte Doktor Sugrañes, noch immer die Spritze in die Höhe haltend, und am Schluß des kleinen Zuges kam ich, an Mercedes' Schulter gelehnt, da ich mich schwach und mutlos fühlte. Wir marschierten ein langes Stück geradeaus und blieben erst stehen, als wir hörten, wie der Kommissar fluchte.

»Hier sind Stufen, die ich nicht gesehen habe. Beinahe hätte ich mir das Genick gebrochen. Diese Lampen, die man uns aus Madrid schickt, sind einen Dreck wert. Der Schwager irgendeines Ministers macht bestimmt seinen Schnitt damit.«

Wir gingen einige Stufen hinauf und stießen auf eine Eisentür, die der Kommissar zu öffnen versuchte, was ihm aber nicht gelang.

»Wenn Sie einen Draht haben, kann ich sie öffnen«, schlug ich vor.

Mercedes gab mir eine Haarnadel, die ich geradebog und als Dietrich benutzte. Nachdem das Hindernis überwunden war, sahen wir uns in einer riesigen Halle voller rostiger, verstaubter Maschinen. Zuhinterst befand sich eine weitere Tür und davor ein klappriger Waggon, von dem kreischend ein Fledermausschwarm aufflog. Mit Mühe unterdrückte Mercedes einen Schreckensschrei.

»Was zum Teufel ist das denn?« rief der Kommissar.

»Sieht ganz nach einer ausgedienten Zahnradbahn aus«, meinte Doktor Sugrañes.

»Mal sehen, wohin sie führt«, sagte der Kommissar. »Du da, brich diese Tür auf.«

Nicht ohne Mühe gelang es mir, die den Eingang verschließenden Mechanismen und Federn zu lösen, so daß wir die zwei Hälften der Metalltür zurückschieben konnten, die beidseits in Maueröffnungen verschwanden. Im Morgengrauen erblickten wir eine Bergflanke, zwischen deren Gebüschen sich die Zahnradbahngleise verloren.

»Ob dieser Klapperkasten wohl noch läuft?« fragte der Kommissar, ohne sich an jemand Bestimmtes zu wenden.

»Ich will mal einen Blick darauf werfen«, sagte Doktor Sugrañes. »Heutzutage, mit all den Fortschritten der Medizin, müssen wir Ärzte auch von Technik ein bißchen was verstehen.«

Er begann auf die Maschinen einzuhämmern, während ich, von der frischen Bergluft wieder etwas belebt, den Kommissar um die versprochenen Erklärungen bat.

»Diese junge Frau da« – er deutete auf Mercedes, die sich seltsam abweisend gab –, »die ich vor sechs Jahren kennenlernte und die sich, nebenbei gesagt, sehr zu ihrem Vorteil verändert hat, rief mich heute morgen um halb drei Uhr an und gab mir Bescheid über deine Eskapaden. Da ich befürchtete, du würdest neues Unheil anrichten, avisierte ich Doktor Sugrañes, der sich netterweise bereit erklärte, mir behilflich zu sein, dich wieder einzufangen. Wir fuhren zur Schule, wo uns die Nonnen, bereits informiert, in die Krypta begleiteten, um achtzugeben, daß wir nicht geweihten Boden beträten. Im Schein der Kapellenkerzen erkundeten wir das Labyrinth und stellten, wie dir schon der Doktor gesagt hat, fest, daß es gar kein richtiges Labyrinth ist, sondern ein Blendwerk, das die Leute irreführen sollte, die sich hineinwagen. Daß das Labyrinth dann plötzlich abbricht, kann darauf zurückzuführen sein, daß der Gang ausschließlich den Zweck erfüllte, die Flucht aus dem Haus zu ermöglichen, oder daß das Geld ausging, als der Irrgarten zur Hälfte fertiggestellt war. Wie dem auch sei, wir kamen in die Krypta und sahen, wie du dich unter dem Tisch, auf dem die Leiche lag, an ein armes Mädchen klammertest, dessen Nachthemd du in deinem fortgeschrittenen Wahnsinn zerrissen hattest.«

Hinter einer Turbine hervor krähte Doktor Sugrañes:

»Hurra! Ich hab's geschafft!«

Tatsächlich hatte sich die Zahnradbahn in Bewegung gesetzt, und wir sprangen alle vier auf die Plattform und setzten uns auf staubbedeckte Sitze voller Fledermausdreck.

»Was ich nicht verstehe«, sagte der Kommissar, während die Zahnradbahn langsam zwischen duftenden Pinien hindurch hangaufwärts rollte, »ist, warum du mir deine Entdeckungen nicht mitgeteilt hast – und was du danach vorhattest. So hättest du dir viel Mühe und nicht wenige Gefahren ersparen können.«

»Ich wollte beweisen«, entgegnete ich, »daß ich mir auch allein zu helfen weiß.«

»Das mangelnde Vertrauen in die Behörden ist die endemische Krankheit dieses Landes«, sagte der Kommissar sentenziös.

»Das hat etwas mit der Vater-Sohn-Beziehung in den Unterschichten zu tun«, bemerkte Doktor Sugrañes.

Verstohlen schaute ich Mercedes an, die nichts sagte. Sie ließ Kopf und Schultern hängen, ja selbst den ansehnlichsten Teil ihrer Erscheinung. Mit ungeheurem Interesse schien sie die graue, diesige Stadt zu betrachten, die immer wieder für Momente zu unseren Füßen zu sehen war. Die Straßenlaternen und die Beleuchtung der touristischen Sehenswürdigkeiten erloschen mit dem Morgenlicht automatisch. Nur auf der Plaza de Cataluña flimmerten noch ein paar Leuchtreklamen. Im Hafen qualmte ein Postschiff, und auf dem Meer erkannte man weit draußen die geometrischen Umrisse eines Flugzeugträgers der Sechsten Flotte. Traurig dachte ich, meine Schwester hätte die Vorstellung von so vielen potentiellen Kunden sicher freudig gestimmt. Ein Schrei riß mich aus meinen Grübeleien.

»Vorsicht, gleich knallt's!«

Die Zahnradbahn hatte das Ende der Strecke erreicht und raste blindlings auf eine zweite geschlossene Tür zu. Im allerletzten Moment sprangen wir ab; dann rammte der Wagen das Eisentor, das ihm im Weg sand. Die Karosserie zerbarst in Stücke, und Splitter und Scherben spritzten in die Luft, aber die Tür gab nach, und das Fahrgestell auf Rädern fuhr unerbittlich weiter und prallte gegen ein weiteres Gefüge von Motoren, Spulen und Gerümpel. Funken sprühten, und dunkelviolette Blitze erleuchteten den Maschinenraum, der in Kürze ein wirrer Trümmerhaufen war.

»Da haben wir ja was Schönes angerichtet!« murmelte der Kommissar und schüttelte sich die Erdbrocken und Grashalme von seinem Sonderangebot-Anzug, die daran klebengeblieben waren, als er den Abhang hinunterkugelte.

»Laßt uns doch mal sehen, wo wir uns befinden«, schlug Doktor Sugrañes pragmatisch vor.

Wir machten einen Umweg um den Maschinenraum und gelangten auf eine liebliche Wiese, in deren Mitte ein Haus stand. In der Tür erwartete uns, alarmiert vom Getöse, eine Familie im Schlafanzug. Der Kommissar bat die Leute, sich auszuweisen, was sie eilfertig taten. Es handelte sich um ehrbare Bürger, die das Haus und das umliegende Land vor zehn Jahren gekauft hatten. Zwar wußten sie von der Zahnradbahnstation, hatten sie aber nie benutzt und ahnten nicht einmal, daß so etwas möglich war. Sie luden uns ein, mit ihnen das Frühstück zu teilen, und der Kommissar konnte von ihrem Haus aus einen Streifenwagen anfordern, der uns abholen sollte.

»Nicht alle Spuren führen notgedrungen zu einer spektakulären Entdeckung«, philosophierte der Kommissar, während er seinen Milchkaffee schlürfte. »So sieht eben der Polizeialltag aus.«

Der jüngere Sohn der Familie schaute ihn hingerissen an. Mir wollte man das Frühstück in der Küche servieren, doch der Doktor beharrte darauf, mich nicht aus den Augen zu verlieren. Meine Gegenwart trübte den festlichen Anlaß ein wenig.

19. Kapitel

Das Geheimnis der Krypta ist gelöst

Als wir eng aneinandergepfercht im Streifenwagen Richtung Barcelona fuhren, erachtete ich den Moment für gekommen, Licht in die zahlreichen dunklen Punkte meiner Abenteuer zu bringen, die ich in den letzten Tagen erlebt hatte.

»Natürlich gab mir Mercedes' Erzählung den Schlüssel zur ganzen Verwicklung«, begann ich. »Bis zu diesem Augenblick war ich nicht auf den Gedanken gekommen, die Geschichte mit dem Schweden und das Verschwinden des Mädchens könnten zueinander in Beziehung stehen. Jetzt freilich sehe ich alles ganz klar, und damit auch Sie es so sehen, will ich von vorn anfangen.

Es liegt auf der Hand, daß Peraplana seine Finger in unsauberen Geschäften hatte und noch immer haben muß – vielleicht Drogen, wenn nicht noch etwas Schlimmeres. Um das aufzuklären, wird es genügen, einen Blick in seine großen und kleinen Bücher zu werfen, die die Geschäftsleute ebenso eifrig verbergen wie die Frauen ihre gleichnamigen Lippen. Vor sechs Jahren, wahrscheinlich zu Beginn seiner kriminellen Aktivitäten, kam jemand der wahren Natur seiner Schwindeleien auf die Schliche oder drohte, falls er schon vorher um sie wußte, sie unter die Leute zu bringen. Dabei schließe ich die Möglichkeit der Erpressung nicht aus, ja ich neige sogar zur Annahme, daß es Erpressung war. Wie dem auch sei, Peraplana oder seine Mordbuben brachten die fragliche Person um. Peraplana war und ist ein einflußreicher Mann, aber doch nicht so einflußreich, daß er bei einem Mord ungeschoren davonkäme, wenn man ihn entdeckte, und damit mußte er zweifellos rechnen. Nun beschloß er, das Verbrechen mit einem andern Verbrechen zu tarnen, und zwar dergestalt, daß den Behörden keine andere Wahl blieb, als es ad acta zu legen, wodurch sie, ohne es zu merken, mit dem einen auch das andere vergaßen, mit dem dieses zweite verknüpft erscheinen sollte. Ich denke, ich drücke mich deutlich genug aus.

Damals lebte Peraplanas einzige Tochter als Interne in dem Institut, welches in einem ehemals ihm gehörenden Haus untergebracht war, das er später aus finanziellen Gründen verkaufte, die nichts zur Sache tun. Diesen Besitz wiederum hatte ein gewisser Vicenzo Hermafrodito Halfmann errichtet, ein Mann obskurer Herkunft und rätselhaften Geschicks, der sich nach dem Ersten Weltkrieg in Barcelona niedergelassen hatte. V. H. H. versah das Haus mit einem als Gruft getarnten Geheimgang, der seinen Wohnsitz via Zahnradbahn mit dem Haus auf dem Berg verband, zu Zwecken, die ich mir gern als wollüstig ausmalen würde, die aber vermutlich politischer Natur waren. Peraplana entdeckte Gang und Krypta, aber das Haus auf dem Berg gehörte nicht ihm, und so wußte er nicht, was er mit dieser ganzen Einrichtung anfangen sollte. Jahre später, nachdem das Verbrechen schon verübt war, erinnerte er sich an den Gang und beschloß, sich seiner zu bedienen, wohl wissend, daß die Nonnen keine Ahnung davon hatten.

Er verabreichte seiner Tochter, entweder durch eine tückische Nonne oder mit sonst einem Trick, ein Betäubungsmittel, das er sich in seiner Milchzentrale verschafft haben mußte, welche es ihrerseits vermutlich dazu verwendet, ihre Produkte dem Konsumenten schmackhafter zu machen. Er schaffte die Leiche in die Krypta und holte sich danach das nichtsahnend schlafende Mädchen. Der ursprüngliche Plan sah vor, daß die Polizei bei den Nachforschungen über dessen Verschwinden die Leiche entdecken und dann ihre Recherchen einstellen sollte, um nicht eine Unschuldige in den Skandal zu verwickeln. Natürlich komplizierte die Einmischung Mercedes' alles, die Peraplana und der armen Isabel ungesehen in die Krypta folgte. Ich vermute, die Isabel verabreichte Droge war von kurzer Wirkung, so daß man ihr später im Labyrinth noch Äther geben mußte, damit sie bewußtlos blieb. Mercedes atmete den Äther ein und wurde das Opfer von Halluzinationen, in denen sich Wirklichkeit und Wunsch vermischten. Das passiert uns allen, sogar ohne Äther, und ist überhaupt keine Schande. Aber obwohl sie unter dem Einfluß des Gifts war, entdeckte sie die hier vorläufig beigesetzte Leiche und glaubte, vielleicht in einem heimlichen Groll, Isabel hätte den Mann umgebracht. Sie kam nicht auf die Idee, es könnte sonst noch jemand in der Krypta anwesend sein, denn obwohl sie Peraplana gesehen hatte, hielt sie ihn für eine riesenhafte Fliege, verwirrt von der Sauerstoffmaske, mit der er sich vor den Ätherdünsten schützte. Die Wambas, die sowohl Peraplana als auch der Tote trugen — sie waren damals ja ein gängiges Schuhwerk —, taten ein übriges, ihren Irrtum zu zementieren. In ihrer Zuneigung zu Isabel beschloß Mercedes, die Verantwortung für das Verbrechen, an dem sie ihrer Freundin die Schuld gab, auf sich zu nehmen, und willigte in den Exilvorschlag ein, den ihr Peraplana machte, weil er sich ihrer entledigen und die Dinge nicht mit einem weiteren Mord noch mehr komplizieren wollte.

Der Plan war ein voller Erfolg, und Peraplana kam mit heiler Haut davon. Aber sechs Jahre später zwang ihn ein weiterer Erpresser, das Verbrechen zu wiederholen. Doch diesmal war er durch die Erfahrung gewitzigt. In Absprache mit dem Zahnarzt ließ er dessen Tochter verschwinden, bevor er sein Opfer liquidierte. Vielleicht erfuhr er in diesem Moment, aber das ist nur eine Vermutung, daß ich mich des Falls angenommen hatte, und dachte, nun könne er gut auf die Krypta verzichten und das Ganze mich ausbaden lassen, wie man so sagt. Er vermutete richtig, daß ich mich mit meiner Schwester in Kontakt setzen würde, und schickte den Schweden unter dem Vorwand zu ihr, sie werde ihm den Lohn für sein Schweigen geben. Meine Schwester wußte nicht, wie sie die fordernde Haltung des Schweden deuten sollte, aber da sie die Überspanntheiten einer nicht sehr ausgewählten Kundschaft gewohnt war, achtete sich nicht weiter auf seine Forderungen. Der Schwede war verwirrt und folgte mir, ganz wie es Peraplana geplant hatte.

In einem bestimmten Moment gab dieser dem Schweden, offensichtlich ein Galgenstrick, Drogen, die vermutlich ein langsam wirkendes Gift enthielten. Der Schwede kam in mein Zimmer, um da zu sterben, und Peraplana, wahrscheinlich mit dem einäugigen Hotelportier unter einer Decke steckend, hetzte mir die Polizei auf den Hals, damit sie mich in flagranti ertappe. Ich entkam gerade noch rechtzeitig, und die Polizei heftete sich an meine Fersen, während Peraplana und der Einäugige die Leiche zu meiner Schwester verfrachteten, wo wir sie abermals fanden und ich zum zweitenmal einen etwas bestechlichen Inspektor an der Nase herumführen konnte. Da es ja mich gab, war es für Peraplana nicht mehr nötig, die Zahnarzttochter weiterhin zu verstecken, und er brachte sie in ihr Bett zurück wie seinerzeit Isabel. Als er sah, daß ich vorhatte, die Krypta zu untersuchen, brachte er den Schweden dorthin, und Gott weiß, was er sonst noch alles getan hätte, wenn ihm der plötzliche, beklagenswerte Tod seiner Tochter nicht die Sinne vernebelt und der Schmerz ihn nicht gepeinigt hätte. Ich aber ging in die Krypta und fiel dem Äther zum Opfer, den man wohl in Erwartung meines Kommens versprüht und der sich wegen der schlechten Lüftung nicht verflüchtigt hatte — und vielleicht hat mich Ihr rechtzeitiges Eingreifen noch vor einer weiteren Gefahr gerettet, meine Herrschaften. Das ist alles.«

Lange Pause. Dann fragte der Kommissar:

»Und was jetzt?«

»Wie was jetzt? Der Fall ist aufgeklärt.«

»Das ist schnell gesagt. In der Praxis dagegen...«
Er ließ den Satz in der Luft hängen, zündete sich
eine Zigarre an und schaute mich, was er noch nie
zuvor getan hatte, so an, als spräche er mit einem
intelligenten Menschen. »Ich will dir das Problem
ganz offen darlegen. Vor allem haben wir es mit
deinem Fall zu tun, und den sehe ich so: Du bist
eben erst aus einem Irrenhaus gekommen und wirst
wegen folgender Dinge gesucht: Verheimlichung
einer Straftat, Beamtenbeleidigung, Aggression gegen die Streitkräfte, Besitz und Weitergabe psy-
chotroper Substanzen, Raub, Hausfriedensbruch,
falsche Namenangabe, unzüchtige Handlungen mit
einer Minderjährigen und Grabschändung.«

»Ich habe doch bloß meine Pflicht erfüllt«, ver-
teidigte ich mich schwach.

»Ich weiß nicht, wie der Untersuchungsrichter
darüber denken wird. Wenn ich alle mildernden
Umstände zusammenzähle, glaube ich nicht, daß
du mit weniger als sechs Jahren davonkommst.
Und es wird erst in vierzig Jahren wieder eine Am-
nestie geben.«

Er zog ein paarmal an seiner Zigarre, und Doktor
Sugrañes hustete protestierend.

»In meiner Eigenschaft als Beamter«, fuhr der
Kommissar fort, »kann ich keinen Vorschlag ma-
chen. Aber ein vernünftiger und objektiver
Mensch, wie beispielsweise Doktor Sugrañes,
würde wohl empfehlen, alles so zu lassen, wie es ist.
Was meinen Sie dazu, Doktor?«

»Solange ich nichts unterschreiben muß, finde
ich richtig, was Sie sagen.«

»Mir persönlich ist es egal, den Fall weiterzuführen«, bemerkte der Kommissar. »Das würde für mich nämlich nur ein paar Überstunden bedeuten, die überdies ganz gut bezahlt werden. Aber dann das ganze Affentheater und der Papierkrieg, die Vorladungen, das Antichambrieren, die Kreuzverhöre und Verhandlungen? Ist der Friede nicht manchmal ein kleines Opfer wert? Und was hätten wir mit alldem schon gewonnen? Die Toten waren widerliche Erpresser, die ihre verdiente Strafe erhielten. Du sollst auch erfahren, daß Isabel Peraplana nicht gestorben ist. Die dumme Pute hat drei Optalidon, fünf Tossamin und zwei Cibalginzäpfchen eingenommen, um sich umzubringen – nichts, was ein gutes Abführmittel nicht wieder hinkriegte. Dieser Aufmarsch an Pflegern war unnötig, aber du weißt ja, wie sich die reichen Protze anstellen, wenn die Gesundheit sie im Stich läßt – eine Migräne, und schon lassen sie sich ins La-Paz-Hospital einliefern. Was wird wohl aus dem armen Ding, wenn wir nun die Intrigen seines Vaters ans Licht bringen? Und was diese schweigsame, üppige junge Dame da betrifft – wäre sie moralisch nicht der Verheimlichung eines Mordes schuldig? In was für einen Skandal sähe sie sich wohl verwickelt, wenn bekannt würde, daß sie während sechs Jahren von einem Verbrecher ausgehalten wurde, sei es wegen Mitwisserschaft, sei es wegen anderer Gefälligkeiten, die ich lieber nicht näher bezeichne? Diese appetitliche Dame ist dank dir nun von jedem Verdacht befreit, und die Gewissensbisse, an Isabels Tod die Schuld zu tragen, sind mit der Nachricht ihrer raschen Genesung verschwunden. Nichts hindert sie daran, für immer ein verhaßtes Exil und eine trübe Vergangenheit hinter sich zu lassen und sich wieder ins aufregende Barceloneser Leben zu stürzen, sich an der Philosophischen Fakultät zu immatrikulieren, Trotzkistin zu werden, in London abzutreiben und glücklich zu sein. Willst du eine so glänzende Zukunft mit deiner eitlen Ruhmessucht trüben?«

Ich schaute Mercedes an, die aus dem Wagenfenster starrte. Da wir schon eine Weile an einer Ampel feststeckten, ihr forschender Blick also durch nichts gerechtfertigt war, schloß ich, sie wolle nicht, daß ich ihr in die Augen sähe.

»Versprechen Sie mir, meine Schwester aus der Haft zu entlassen«, sagte ich zu Kommissar Flores, »und ich stimme dem Handel zu.«

Er lachte herzlich.

»Du bist schon immer ein skrupelloser Geschäftemacher gewesen! Ich verspreche dir, zu tun, was in meiner Macht steht. Du weißt ja, ich habe heute nicht mehr soviel Einfluß wie früher. Alles hängt zu einem guten Teil vom Ausgang der Wahlen ab.«

»Na schön.« Ich wußte, daß meine Verhandlungskraft verbraucht war.

Der Streifenwagen fuhr los, legte fünfzig Meter zurück und blieb wieder stehen.

»Ich glaube, Sie steigen hier aus, Señorita«, sagte der Kommissar zu Mercedes. »Und wenn Sie etwas für Stierkämpfe übrig haben, unterlassen Sie es nicht, mich anzurufen – ich habe eine Dauerkarte für die erste Reihe.«

Mercedes stieg wortlos aus, und ich sah ihre

traumhaften Wassermelonen in der Menge verschwinden. Der Kommissar sagte:

»Es wird mir ein Vergnügen sein, Sie ins Irrenhaus zu begleiten.« Und zum Fahrer: »Versuch's mal über die Ringstraße, Ramón, und wenn's auch dort schlecht ist, laß die Sirene laufen.«

Mit zwei geschickten Manövern war der Fahrer aus dem Stau heraus, und bald fuhren wir mit hoher Geschwindigkeit durch die Straßen. Ich begriff, daß es, nachdem der Kommissar einmal meine Zustimmung zu seinen Vorschlägen ausgehandelt hatte, keinen Grund mehr gab, uns vom Verkehr aufhalten zu lassen. Durch das Fenster sah ich Häuser und noch mehr Häuser vorbeigleiten und, immer schneller, Wohnblöcke und Brachfelder und stinkende Fabriken und mit Hammer und Sichel und unverständlichen Abkürzungen vollgeschmierte Mauern und welke Felder und Flüßchen mit fauligem Wasser und wirre elektrische Leitungen und Berge von Industrieabfällen und Chaletviertel von fragwürdigem Nutzen und stundenweise vermietete Tennisplätze, die frühmorgens am günstigsten waren, und Ausschreibungen künftiger Traumsiedlungen und Tankstellen mit Pizzastand und zum Verkauf angebotene Parzellen und Spezialitätenrestaurants und eine halbkaputte Iberia-Reklame und triste Dörfer und Pinienwälder. Und ich dachte, daß es mir eigentlich gar nicht so übel ergangen war, daß ich einen komplizierten Fall gelöst hatte, in dem natürlich noch einige ziemlich verdächtige Dinge ungeklärt waren, und daß ich ein paar Tage in Freiheit genossen und mich amüsiert hatte und daß ich vor allem eine wunderschöne, tugendhafte Frau kennengelernt hatte, der ich nichts nachtrug und deren Andenken mich auf immer begleiten würde. Und ich dachte, daß ich vielleicht die Mannschaft doch noch zusammenstellen könnte und daß wir die lokale Liga gewinnen und dieses Jahr endlich gegen die Schizos von Pere Mata antreten und ihnen mit etwas Glück sogar den Pokal abjagen konnten. Und ich erinnerte mich daran, daß im Südpavillon eine oligophrene Neue war, die mich gut leiden mochte, und daß die Frau eines Volksallianzkandidaten versprochen hatte, dem Irrenhaus einen Farbfernseher zu stiften, wenn ihr Mann die Wahl gewann, und daß ich endlich eine Dusche nehmen und, wer weiß, eine Pepsi-Cola schlürfen konnte, wenn mir Doktor Sugrañes nicht böse war, weil ich ihn in das Abenteuer mit der Zahnradbahn hineingezogen hatte, und daß die Welt nicht untergeht, nur weil etwas nicht ganz wunschgemäß verläuft, und daß es noch manche Chance gäbe, mein Köpfchen unter Beweis zu stellen, und daß ich, wenn es sie nicht gab, sie mir würde zu verschaffen wissen.

Anmerkungen des Autors
für die deutschsprachige Ausgabe

S. 25, *Seine Exzellenz:* Generalissimo Franco.

S. 35, *Juanita Reina:* Schlagersängerin, die sehr hübsch war und schwungvoll die Chansons sang, welche heute am direktesten an die Nachkriegszeit erinnern. Lebt noch.

S. 39, *Ladislao Kubala:* ungarischer Fußballspieler, der Mitte der fünfziger Jahre aus seiner Heimat floh und vom FC Barcelona unter Vertrag genommen wurde. War ein großer Spieler und führte »Barça« zum Ruhm. Als erster wichtiger Internationaler eingekauft, gab Kubala den Barcelonesen in jener Zeit spärlicher Freuden etwas von ihrem verlorenen Selbstbewußtsein zurück. Für uns, damals noch Kinder, war er eine Mischung aus Superman und dem, was wir später alle einmal werden wollten. Er war hochgewachsen, gutaussehend, männlich, blond, sympathisch, ein Zechbruder und Frauenheld. Lebt noch. – *La Bella Dorita:* Revue- oder Varietéschauspielerin; war hübsch und dreist und verkörperte in jenen repressiven Jahren die Erotik schlechthin. In den Augen des Protagonisten sollten Kubala und La Bella Dorita gemeinsam das Ideal der menschlichen Rasse verkörpern.

S. 48, *Maciste:* Hauptdarsteller einer italienischen Filmserie mit kraftstrotzenden Männern des Typs Herkules. Ich glaube, er verließ in der Mussolini-Zeit Cinecittà, um sich für die spektakulären amerikanischen Bibelproduktionen zu bewerben, beispielsweise für diejenigen von Cecil B. de Mille. War ein außerordentlich schlechter Schauspieler.

S. 48, *Charles Atlas:* mutmaßlicher Erfinder einer Muskelbildungsmethode namens »Dynamische Spannung«. In Zeitschriftenannoncen kündigte er sich so an: »Ich war ein Schwächling von nur 44 Kilo« – dazu das Foto eines kläglich aussehenden Männchens in grauem Anzug und mit Brille. Neben diesem stand ein Muskelprotz in knapper Badehose aus Tigerfell, offenbar der ehemalige Schwächling, der nun dank diesem Fernkurs zu einem Supermann geworden war.

S. 54, *Prinz Cantacuceno:* eine weitere Gestalt aus meiner Jugendzeit. Wahrscheinlich gar kein Prinz, sondern ein Mann dunkler Herkunft, der den Namen der berühmten Familie Cantacuceno angenommen hatte, welche vom 12. oder 13. Jahrhundert an im Byzantinischen Reich und später bis Mitte des 20. Jahrhunderts in Rumänien einflußreich war. Allerdings ist auch die Möglichkeit nicht auszuschließen, daß der Betreffende der echte Prinz Cantacuceno war. Er war Akrobatikpilot, der jeweils mit seinem Sportflugzeug oder Doppeldecker an großen Festveranstaltungen teilnahm. Ich habe ihn nie persönlich, dafür in den Filmwochenschauen gesehen und erinnere mich auch an seinen Namen in Rundfunknachrichten: »Am Fest, dessen Schirmherrschaft Seine Exzellenz, der Staatschef, und seine Gemahlin übernommen hatten, nahm auch Prinz Cantacuceno teil.« Ich weiß nicht, was aus ihm geworden ist, glaube mich aber zu erinnern, daß er bei einem Luftfahrtunfall umgekommen ist.

S. 81, *Luis Mariano:* spanischer, genauer gesagt baskischer Schauspieler und Sänger, der in Paris Triumphe feierte, indem er zwar französisch, aber mit ausgeprägt lateinischem Akzent sang. Gab sich als Mexikaner, Brasilianer, Torero und grundsätzlich als Latin Lover. Drehte auch in Spanien einige Filme, und seine Platten verkauften sich gut. War sehr weibisch und affektiert und vermachte sein Vermögen seinem Fahrer.

S. 86, *Sandokan:* der »Tiger von Mompracem«, malaiischer Pirat und Held vieler Romane von Emilio Salgari, einer Art italienischen Karl Mays (1863-1911). Ende der siebziger Jahre drehte das italienische Fernsehen mit dieser Figur eine Serie, die in Spanien großen Erfolg hatte, weil der Hauptdarsteller – ich glaube, ein Jugoslawe – hübsch und exotisch war; er verdrehte den Frauen den Kopf. Der arme Schauspieler wurde fortan, wie alle erfolgreichen Fernsehstars, mit dem Namen der Person identifiziert. Sandokan bezeichnet also sowohl den Helden als auch den, der ihn verkörpert.

S. 166, *Reventós:* Als der Roman geschrieben wurde, war Joan Reventós Chef der sozialistischen Partei Kataloniens. Später Botschafter in Paris.

S. 198, *Bengoechea und Tarrés:* zwei Freistilringer oder Catcher. Die Freistil- und Amateur-Box-Veranstaltungen wurden im *Iris* durchgeführt, einem schmuddeligen Saal, der schon vor Jahren abgebrochen wurde, um einem ebenfalls schmuddeligen Bürogebäude Platz zu machen. In meiner Jugend besuchte ich diese Kampfveranstaltungen in Begleitung meiner älteren Vettern und, überraschenderweise, meines Vaters, eines diskreten Herrn des 19. Jahrhunderts, der an dieser Geschmacksverirrung litt. Alle Kämpfe waren fingiert und glichen eher Pantomimen als einem Sport. Die Kämpfer hatten so literarische Namen wie »Tupac Amaru, der Indianer mit den magnetischen Fingern«, »Die große Bedrohung« oder »Castilla, der Henker der Karibik«. Es gab »gute« Kämpfer, die das Publikum anfeuerte und mit Beifall überschüttete, und »böse«, die ausgepfiffen und beschimpft wurden. Die Duelle endeten immer mit dem Sieg des »guten«, trotz der verbotenen Schläge, die ihm der »böse« dank der Unaufmerksamkeit des Schiedsrichters versetzte. Bengoechea und Tarrés waren »gut« und Tarrés überdies Katalane. Er spielte immer fair, aber wenn sich der Kampf dem Ende näherte, wurde er über den Mangel an Sportlichkeit des Gegners wütend und verlor die Kontrolle. Dann begann er furchterregend zu schnauben und setzte den »bösen« Kämpfer in fünf Sekunden außer Gefecht. Das Publikum hatte sehnsüchtig auf diesen Moment gewartet und schrie nun lauthals: »Puste, Tarrés!« Dieser Ruf sprengte die Mauern des *Iris* und kann noch heute aus dem Mund alteingesessener, nostalgischer und versoffener Barcelonesen gehört werden.

S. 199, *Ich bin der Schoko-Schwarze:* Anspielung auf eine Rundfunkwerbung aus der Nachkriegszeit, in der ein Schwarzer einen sofortlöslichen Kakao mit den Worten anpries: »Ich werde Ihnen von den vielseitigen Eigenschaften dieses unvergleichlichen Produkts erzählen.« Die auf die Attribute des Schwarzen übertragene Anspielung ist jedem Spanier verständlich.

S. 202, *Der Bürgermeister von Zalamea:* »El alcalde de Zalamea« ist ein historisches Drama von Calderón, dessen Titelfigur in Spanien jedermann bekannt ist. – Der *Biscuter* war ein winziges und für eine unglückliche Zeit und schlechte Wirtschaftslage überaus charakteristisches Kleinstauto in mattem Metallgrau. Der Witz, auf den hier angespielt wird, erzählt, wie Franco in einem Biscuter über Land fährt und dabei von einem schweren Lastwagen überrollt wird. Danach bietet sich den Augen des Lastwagenfahrers das Bild einer Ein-Peseta-Briefmarke – grau und mit Francos Kopf. – *Avecrem* war das erste Fleischbrühenkonzentrat auf dem spanischen Markt. – *Bruder Besen* hieß mit richtigem Namen San Martín de Porres und war ein schwarzer Mönch, der in den vierziger Jahren heiliggesprochen wurde, einer der wenigen lateinamerikanischen und einer der noch selteneren schwarzen Heiligen. Zeichnete sich durch außerordentliche Demut aus (als ob er eine andere Wahl gehabt hätte!) und kehrte immer das Kloster, weshalb er den Übernamen Bruder Besen erhielt, der auch einer spanischen Filmschnulze den Titel gab.

Inhalt

1. Ein unerwarteter Besuch
5

2. Was der Kommissar erzählte
21

3. Ein Wiedersehen, eine Begegnung und eine Reise
33

4. Das Inventar des Schweden
43

5. Eine doppelte Flucht
54

6. Der verräterische Gärtner
67

7. Der enthaltsame Gärtner
77

8. Voreheliches Eindringen
86

9. Ein Ausflug aufs Land
99

10. Die Geschichte der meuchelnden Lehrerin
114

11. Die verhexte Krypta
126

12. Bekenntnishaftes Zwischenspiel:
Was ich dachte
146

13. Ein ebenso unvorhergesehener
wie trauriger Unfall
154

14. Der geheimnisvolle Zahnarzt
164

15. Der Zahnarzt spricht sich aus
172

16. Der Gang der hundert Türen
185

17. In der Krypta
192

18. Das Haus auf dem Berg
204

19. Das Geheimnis der Krypta ist gelöst
213

Anmerkungen
223